SV

Band 921 der Bibliothek Suhrkamp

Jorge de Sena

Der wundertätige Physicus

Eine Novelle
Aus dem Portugiesischen von
Curt Meyer-Clason

Suhrkamp Verlag

Titel der Originalausgabe: *O Físico Prodigioso*

Erste Auflage 1989

Satz: MZ-Verlagsdruckerei GmbH, Memmingen
Druck: Nomos Verlagsgesellschaft, Baden-Baden
Printed in Germany

Um in die gewonnene Kontemplation einzutreten, genügt das, was für den Zustand derer, die meditieren, genügt, das heißt, im Stand göttlicher Gnade zu stehen, zumindest sich keiner Todsünde bewußt zu sein (...)

Pater Manuel Bernardes
Von der gewonnenen Kontemplation

»Piß ich zum dunklen Himmel, sehr hoch und sehr weit
– Mit der Erlaubnis der großen Heliotropen.«

Rimbaud
Abendgebet

I

Den Körper aufrecht im Schritt des Pferdes wiegend, kam er den Hang hinabgeritten. Die Sonne stand noch sehr hoch und beleuchtete funkelnd das verwilderte Tal, das sich vor seinem verloren schweifenden Blick auftat, ohne daß er den blühenden Buschwald wahrnahm, die braun und grau glänzenden Steine, die kleinen Tiere, die aufflogen, umherliefen, krochen oder reglos innehielten und furchtlos die ungeheure, sich bewegende Masse von Pferd und Reiter beäugten. Unten im Tal, zwischen Reihen von Pappeln und Weiden, glänzte das schmale, metallische Band eines Flusses. Sie ritten hinunter, der Reiter, noch immer geistesabwesend, verlangsamte den Schritt des mit geweiteten Nüstern rascher ausgreifenden durstigen Pferdes. Das sanfte Plätschern des Wassers zwischen den Kieseln und der von einer feinen Brise angehauchte zarte Tanz der Blätter in den Bäumen ließen den Reiter mit einemmal die Hitze und seines und des Pferdes scharfen Geruch von Schweiß und Staub wahrnehmen, seine müden Glieder und den ausgetrockneten Mund. Er ritt jetzt hinunter und suchte mit den Augen eine schattige Stelle am Ufer, wo der Fluß reiner und tiefer war. Sein Blick schweifte nun nicht mehr umher, sondern erforschte sorgfältig und blitzschnell die Ufergegend des Flusses, die wie ausgestorben schien; und sein ebenso aufmerksames Gehör, gewohnt, bei ähnlichem Forschen den Blick zu begleiten, vernahm neben dem Gemurmel des Wassers und dem weichen Rascheln des Blattwerks keinerlei menschliches Geräusch. Er atmete tief durch im Vorgefühl auf ein langes Bad und das Ausruhen im Schatten. Danach wollte er zu Abend essen und bis zum Morgengrauen schlafen, wenn die Vögel und die Kühle des Tagesanbruchs ihn wecken und zur Fortsetzung seines Weges mahnen würden. Wohin? Ein Lächeln bitteren Widerwillens zeichnete seine Mundwinkel, als das Pferd schon stehenblieb und den Kopf zum Trinken senkte. Er saß ab, und bevor er sich bückte, um auch zu trinken, bewegte er die vom Reiten noch ungelenken Beine und streckte Schultern und Arme, um den Rücken zu entspannen. Dann kniete er am Rand des Wassers nieder und beugte sich nach vorn, die Hände zu einer Muschel geformt. Mit raschem Griff hielt er seine Kappe fest, damit sie nicht in die kristallklare Strömung fiel. Das widerfuhr ihm immer wieder. Er war mit der Kappe aufgewachsen, die Kappe durfte nicht naß werden, und jedesmal vergaß er sie. Er legte sie sorgsam neben sich, und dann trank er beruhigt und in langen Zügen. Das Wasser war sehr kalt, viel kälter, als es dort im Tal zur Hochsommerzeit zu erwarten war, und jagte einen Schauder über seinen Körper. Aber es war so klar, daß er ein rasches Bad nehmen würde, nur um sich zu erfrischen und zu waschen. Jetzt saß er am Erdboden und zog langsam die Stiefel aus. Das Pferd hatte sich entfernt und suchte da und dort ein besonders würziges Grasbüschel. Die Stiefel, spitz und rot, waren aus feinem Leder. Bedächtig rieb er die Füße aneinander und ließ mit kindlicher Gebärde die Zehen spielen, als wolle er sie zählen. Dann stand er auf, löste den breiten goldbeschlagenen Gürtel und legte ihn neben Stiefel und Kappe. Die lange Tunika hing lose herab, und ihr Weiß empfing vom sonnendurchflirrten Schatten einen orangefarbenen, grünlich schillernden Abglanz. Er bückte sich, faßte ihren Saum und zog sie über den Kopf. Sein langes, blondes, schweißverklebtes Haar fiel in weicher Unordnung herab, und er strich es mit den Fingern glatt. Und wieder blickte er umher, bevor er die Kordel seiner kurzen Unterhose löste. Keine Menschenseele war zu sehen, nicht einmal in der Ferne. Nun war er ganz nackt. Doch als er zum Wasser ging und mit den Füßen schon darin stand, hörte er ein leises, spöttisches Lachen, das ihm fast von der Wiege an vertraut war. Gelangweilt hob er die Brauen und ging zurück ins spärliche Gras und legte sich ermattet auf den Boden nieder. Geduldig, teilnahmslos und verlassen, den Kopf in die Arme gebettet, ließ er es zu, daß der unsichtbare Teufel auf seinem Körper in Raserei geriet. Lange Liebkosungen, die leicht über seine Haut liefen, hingehauchte Küsse, die ihn über den ganzen Körper hin bissen, Hände, die sein Geschlecht umklammerten, Hartes, das sich an ihn preßte und in ihn einzudringen suchte ... – es war das Übliche, seit er sich zum ersten Mal als Mann gefühlt, sich ganz entkleidet hatte und allein gewesen war. Er erduldete es wie eine unvermeidliche Plage, die ihn nicht erregte, ihn weder in Schrecken noch in Abscheu versetzte. Und die ihn bis zu einem gewissen Grad den Stolz auf eine so hartnäckige und lächerliche Leidenschaft vergessen ließ, für die er, mochte er noch so genau in sich forschen, nicht die geringste Entsprechung bei sich fand, die sie rechtfertigen könnte. Gegen ihn gepreßt, nach rasendem Keuchen, hatte sich der Teufel an ihm befriedigt und verließ ihn; das Baden war ihm jetzt ein dringendes Bedürfnis, als sei er durch die Liebe, an die er sich verkauft hatte, unsichtbar beschmutzt worden. Und so war es tatsächlich, ein für allemal, seit seine Patin (die ihm die Kappe geschenkt hatte) ihn noch unmannbar, aber schon als männlichen Körper gesehen und den Dämon berufen hatte, der ihn sofort leidenschaftlich umarmte. Zur Belohnung hatte er ungeheure Machtbefugnisse erhalten; und mit der Zeit kam er zu dem Schluß, daß der Teufel schließlich wenig forderte, wenn er sich mit seiner schlichten, gefälligen Verfügbarkeit begnügte, wobei er selbst weder mit Gesten noch mit Fleischeslust paktierte. Ungehalten wehrte er eine besonders aufdringliche Berührung ab und legte sich auf den Rücken. Und der arme Teufel wütete wie immer vergebens, bis er sich unbefriedigt zufriedengab. Er stand nun auf, schüttelte sich, fuhr sich mit den Händen über den Körper, warf sich platschend ins Wasser und tauchte unter. So war er vollkommen glücklich: Hüpfen, springen, das flüssige Element um seinen Körper fluten fühlen und sich heftig abreiben und ringsum Wasser versprühen. Das Wasser war zuletzt doch nicht so kalt; sein Bad dauerte lang, und er genoß die jähen Übergänge von Ruhe und Bewegung, bis er, triefend und bedeckt mit schimmernden kleinen Tropfen, wieder am Ufer stand und zerstreut sein Pferd ansah, das geduldig auf ihn wartete. Er spürte jetzt, wie hungrig er war. Er ging zum Pferd und nahm aus dem Mantelsack einen Kanten Brot und ein Stück Speck, dazu einen Apfel, und setzte sich zum Essen ans Wasser, während er im Rücken und im Haar die ihn trocknende Brise fühlte. Doch der Abend neigte sich und es wurde kühl, und so wechselte er auf eine sonnige Lichtung, wo er sich nach beendeter Mahlzeit niederlegte.

. . . .

Dem Fluß gestand ich mein Verlangen
nach dem Freund, so lang schon fortgegangen,
und um den ich sterbe, ach!

Den Fluß fragt' ich nach meinem Lieben
und wo er nach dem Bad geblieben,
und um den ich sterbe, ach!

Jener, so lang schon fortgegangen,
wo wusch er seinen Leib nach unserem Beisammen,
und um den ich sterbe, ach!

Jener, den längst die Ferne gefangen,
wohin war er nach dem Bade gegangen,
und um den ich sterbe, ach!

Den Fluß fragte ich, wo wir uns trafen,
wo mein Freund sich wusch nach unserem Schlafen,
und um den ich sterbe, ach!

Den Fluß frage ich nach meinem Lieben,
ob er nach der Sünde rein geblieben,
und um den ich sterbe, ach!

Wo er sich gewaschen nach unserem Schlaf,
als der Wasserspiegel sein Bild entwarf,
und um den ich sterbe, ach!

Ob er nach unserer Sünde rein geblieben,
den es seitdem in die Ferne getrieben,
und um den ich sterbe, ach!

Singend kamen die drei Jungfrauen am Flußufer entlang, und eine von ihnen hatte plötzlich ein Lied angestimmt; dann wiederholten die Stimmen der drei gemeinsam jede Strophe, die von der ersten gesungen worden war, mit Variationen. Ihre Schritte waren kaum zu vernehmen, hätten ihre Kleider, die sie mit Fingerspitzen hielten, nicht leicht das Grün gestreift.

Jetzt erzitterte die Stimme der ersten, die ein wenig vorausschritt, und verstummte mit einem gehauchten Seufzer, und den anderen mit einer Gebärde Schweigen gebietend, deutete sie mit einer zweiten auf etwas hin. Die drei blickten nun den strahlenden Jüngling an, dessen Marmorhaut von Haar beschattet wurde, das weich und goldblond seinen Kopf be-

Im leichten Gewoge bleicher Wolken, die mit ihren Schritten aus dem Grün stiegen, kamen die drei Göttinnen, denn man sah, daß sie solche waren, nackt einher, mit losem Haar, und ihre festen Brüste tanzten langsam, während ihre Schenkel rosafarben schimmernd die schwarzen Dreiecke rahmten, und ihre Arme hoben sich wellig und zeigten ihre süßen dunklen Höhlen.

Plötzlich blieben die Göttinnen stehen und musterten ihn lächelnd, maßen den Ruhenden mit feurig glänzenden Augen vom Kopf bis zu den Füßen. Heißes Beben durchströmte ihn, und ein unterdrücktes Begehren füllte seine Brust: er seufzte.

deckte. Und da sie ihn seufzen hörten, blickten sie einander an und wandten schamvoll die Augen von solchem Wunder ab, an dem alles graziler und größer war, als eine Jungfrau sich vorzustellen wagte.

Doch schon verwandelte sich ihre Scham in brennende Verzückung. Und ihre zuerst abgewandten Augen spähten umher, um zu sehen, ob er allein war. Und sie kamen etwas näher. Das Pferd, das sie angeschaut hatte, schüttelte die Mähne und wieherte leicht.

Über sein Seufzen lächelnd, traten die Göttinnen noch näher. Und wie Glut waren ihre Blicke, die sie auf seinen Körper warfen, und dieser antwortete mit einem Beben, mehr und mehr. Flötenspielende zierliche Cupidos flatterten auf.

Sie erzitterten und blieben wie erfroren stehen, aus Furcht, er könne erwachen. Doch er atmete nur tiefer, stoßweise, als störe eine zweite Atmung in seinem Blut seine beklommenen Atemzüge.

Und die Göttinnen zitterten in dem sie jetzt umhüllenden Nebel und forderten ihn mit Blicken auf, er möge sich nicht rühren. Und er räkelte sich, damit sein Körper sich deutlicher abzeichne, in der heftigen Benommenheit, die ihn befallen hatte.

Jetzt kam plötzlich ein unbändiger Wirbel auf, der ihn umschloß, begleitet von geflüstertem Belfern. Die Jungfrauen, die Augen weit aufgerissen, wagten nicht zu begreifen, was vorging, noch hätte ihre Unschuld es begriffen. Die Göttinnen taumelten über ihn hinweg, ein Getümmel, das ihre Brüste hüpfen ließ, und es war eine glühendheiße Nacht, die ihn feucht bedeckte und in der er versank. Schmerzhaftes, genußvolles Kribbeln überkam ihn plötzlich. Erschreckt wichen die Jungfrauen in den Schutz der nahestehenden Bäume zurück, als wäre mit einemmal ein Regenguß niedergegangen, der die Göttinnen durchnäßte. Und er streckte die eng verschlungenen Arme aus, öffnete die Augen und bildete sich ein, der Teufel werde ihn, nachdem sein jahrelanger Durst endlich gestillt sei, für immer verlassen. Er räkelte sich wollüstig, aber gemischt mit Trauer, waren doch die Göttinnen verschwunden; zugleich hatte er die triumphierende Gewißheit, daß er ein Mann war, den Göttinnen besitzen könnten. Er richtete sich auf und blickte ins sanft dahinfließende Wasser. Und zum ersten Mal verlangte ihn nicht nach einem Bad. Im Gegenteil, er fühlte wohlige Erschöpfung, die nur nach Wiederholung strebte. Er lächelte. Er stand auf. Und in stiller Bewunderung glitten seine Blicke an seinem Körper herunter. Nie hatte er so von Göttinnen geträumt; und nun gewahrte er, daß er nie sehnlicher auf einen solchen Traum gewartet hatte. Und die Göttinnen waren wie Frauen. Ihm kam eine plötzliche Eingebung. Er bückte sich und setzte die Kappe auf, während er die Augen bittend schloß. Ob die Kappe noch gehorchte? Er fühlte Hitze auf den Lippen. Ein Körper preßte sich an seinen Körper. Und feingliedrige Hände streichelten seinen Rücken. Er öffnete die Augen. Die Kappe hatte gehorcht. Und während er die drei Jungfrauen umarmte, zerriß er ihre Kleider und warf sie zu Boden. Und sie waren genau so wie die Göttinnen seines Traums. Aber... Panik überfiel ihn, und sich losringend, zog er die Kappe. Nein. Davor könnte ihn auch die Macht der Kappe nicht retten. Und die Kappe wieder aufsetzend, befahl er, daß sie, wenn sie Menschen wären, ihn noch nicht gesehen hätten. Was alsbald geschah. Und während er, unsichtbar, sich ankleidete, richteten sie, im Kreis auf dem Erdboden hockend, ihre Kleider wieder her, welche die Sträucher des Waldes aufgerissen hatten, ordneten das lange verschlungene Haar und sangen folgendes Lied:

Zum Schlosse zog der Ritter,
und vor dem Tor er stand;
er wußte nicht, was er suchte,
er wußte nicht, was er fand.
Seine Waffen waren aus Gold,
in der Hand hielt er die Lanze.
Verschlossen waren die Türen,
und er pochte mit der Lanze.
Die Säle waren finster,
und niemand wohnte darin.
Im Turm nur eine Prinzessin
schmachtete seufzend dahin.
Gefangene war sie dort oben
und harrte auf den Befreier,
ohne Kammerfrau, die sie bediente,
ohne Gefolge und ohne Feier.
Mit der Lanze stieß der Ritter
mutig die Türen ein.
Fühlend, sie gäben nach,
begann die Prinzessin zu schrein,
es sei denn, die Lanze verspräche
sie alsbald zu befrein.
Schon krachten diese Türen,
ihres Vaters Verteidigungsschutz,
er fürchtete Männer und Lanzen
viel mehr als jeden Trutz.
Schon steht er mit gereckter
Lanze im düsteren Saal.
Und die Turmtreppe hinauf
er sich eilends stahl,
zur unbekannten Prinzessin,
die zittrig stand und fahl.
Droben hörte die Prinzessin
Schritte und erbebte ganz;
noch bevor sie ihn sah,

sah sie der Lanze Glanz.
Und blind von ihrem Schimmer
in seine Arme lief sie bang
und merkte nicht, daß die Lanze
geradeswegs sie durchdrang.
Von Todesgewalt durchbohrt,
lag sie in seinen Armen
und sprach die folgenden Worte
sterbend, voller Erbarmen:
Von weit her kamst du, Herr,
dein Herz von Tapferkeit brannte,
um mir den Tod zu geben,
den deine Liebe nicht kannte.
Als wohlbehütete Jungfrau
wollte ich dir mich bewahren,
in diesen dunklen Gemächern
gehörte meine Liebe den Jahren.
Tot sank ihr Haupt herab,
nicht ein Wort sprach sie mehr.
Neben der befleckten Lanze
glänzte ihr Blut wie das Meer.
Als er die Jungfrau so sah,
aufgebahrt im Gemach,
schwor sich der tapfere Ritter
in seiner Seele, ach!,
Schloßtüren nie mehr zu sprengen.
Die Lanze er zornig zerbrach.
Und die Splitter seiner Lanze,
die einst sein größter Schatz,
sie fanden mit der Prinzessin
im offenen Grabe Platz.
Und traurig, o traurig zog er
von dannen auf seinem Steg
bis hin zum schwarzen Kloster –
das war sein letzter Weg.

Doch dem Grabe entkeimen Rosen,
die keiner pflücken kann, ach,
ohne daß seine Hand verdorre
am Zweig, der alsbald zerbrach:
Rosen aus Blut und aus Milch,
der Erde letzter Trank.

Er war längst angekleidet und fertig, während ihr Lied zu Ende ging und sie stumm und still standen, als warteten sie auf einen Befehl von ihm. Und er dachte an die Romanze, die sie gesungen hatten: Rosen aus Blut und aus Milch, der Erde letzter Trank. Oder des Teufels. Er zog die Kappe und machte mit ihr eine artige Ehrenbezeigung. Sie erhoben sich und knicksten, ernst und besonnen. Alle waren ganz Haltung und Unschuld: nur ihre Augen glitten unbehaglich über seinen Körper. Ein Unbehagen, das sie befangen zeigten und das ihn mit leichter Wärme füllte, als sei sie an einen Ort gebundene Erinnerung, als sei sie aufgeschobenes Vergnügen, welches das Wasser im Munde zusammenlaufen läßt. Und eine von ihnen sprach als erste:
»Herr, woher kommt Ihr und wohin geht Ihr? Aus diesem Land seid Ihr nicht, denn im Schloß habe ich Euch nie gesehen.«
»Von weit her komme ich und ziehe in die Weite. Doch auf Euer Schloß werde ich gehen, wenn Euer Herr als guter Gastgeber mich aufnehmen will. Ich kann ihn mit meinen Diensten bezahlen.«
Die Jungfrau seufzte und sagte: »Unser Herr ist gestorben. Und die Herrin des Schlosses, der wir dienen, wird ihm bald ins Grab folgen.«
Eingedenk des tiefen Ungemachs im Haus stockte der Jungfrau die Stimme, und sie begann zu schluchzen, und die anderen zwei taten es ihr gleich. Und der Reiter fragte:
»Aber gibt es denn keine Lebenshoffnung für Eure Herrin?«
Und die beiden anderen, die weniger heftig schluchzten, denn darin taten sie der ersten gleich, erwiderten wie im Wechselgesang:

»Die Ärzte bangen verzweifelt um ihr Leben.«
»Unser Herr Kaplan betet schon für ihre Seele.«
»Sie aber wartet unermüdlich auf einen Königssohn.«
»Der drei hochedle Bedingungen in sich vereine.«
»Der sehr schön sei.«
Die drei Jungfrauen blickten einander an. Und die erste fuhr fort:
»Der ein großer Arzt sei.«
Wieder blickten sie einander an. Ob er einer war?
»Und daß ...«
Die drei erröteten, kicherten und steckten die Köpfe zusammen.
»Und was noch?« fragte der Reiter.
Eine der anderen sagte:
»Und daß er ...«
Die erste vollendete den Satz: »... Jungfrau sei.«
Und ihre Augen, noch tränenfeucht, brannten wie Kohlen auf ihm.
Der junge Reiter lächelte leicht und fragte:
»Muß er wirklich ein Königssohn sein?«
Von neuem steckten sie in gegenseitiger Befragung die Köpfe zusammen. Nein, das war keine unentbehrliche Bedingung. Und er sagte:
»Ich bin der, auf den sie wartet, denn ich erfülle alle diese Bedingungen.«
Sie erröteten tiefer denn je. Dann, nach einem neuen Knicks, nahmen sie ihn zum Schloß mit, das in einer Biegung des Flusses, hinter einer Anhöhe, aus ganz weißem Stein aufragte. Sie schritten voran. Und er, das Pferd am Halfter führend, ging hinter ihnen drein und ließ keinen Blick von ihren Hüften, die sich wie verborgene Monde wiegten. Dann und wann drehte sich eine von ihnen lächelnd um. Es dunkelte bereits, als sie zur Zugbrücke gelangten.

II

Das Schloß war klein, aber sehr alt; wenn es wie eine neue Fabrik aussah, so deshalb, weil es in jüngster Zeit auf Anweisung des verstorbenen Gatten der Schloßherrin von Grund auf renoviert worden war, nachdem dieser mit Reichtümern beladen aus Konstantinopel zurückgekehrt war. Er war nämlich – oder war einst – der gefeierte Dom Gundisalvo Maurentöter von Pendão gewesen, der dem Kaiser gedient hatte. Im Großen Waffensaal hörte der Reiter diese Erklärungen, die ihm der Kaplan gab, fett und schwankend, mit seinem großen Kopf und fleischigen Händen, die wie Schmalz von dem Weinschlauch mit Gürtel, seinem schwarzen Ordenskleid, herabhingen. Nun wollte der Kaplan mit der gleichen süßlichen, seiner Leibesfülle widersprechenden Stimme wissen, woher er komme und wohin er gehe, voller Argwohn gegen den schönen Jüngling, der ihm lächelnd zuhörte. Lange Zeit setzte er ihm mit immer anders wiederholten kleinen Fragen zu. Doch auf alles erwiderte dieser nur:

»Ich bin der, auf den die Herrin wartet.«

So lagen die Dinge, als eine der Jungfrauen die Treppe herunterkam, die im Halbdunkel des Salons lag und zu den fürstlichen Wohngemächern führte. Nach einer Verbeugung gegen alle sagte sie:

»Die Herrin läßt sagen, der edle Arzt möge heraufkommen, sie wünscht ihn ohne Aufschub zu sehen.«

Doch der Reiter hatte keine Eile und wünschte, man möge ihn zunächst über das tödliche Siechtum unterrichten, das die Dame quälte. Der Frater und die Jungfrau vermochten sich weder über die Einzelheiten noch über die Ursachen einig zu werden. Für den Frater war die Krankheit alt und ging auf Dom Gundisalvos Tod zurück. Für die Jungfrau nicht: für sie war sie jüngeren Datums und hatte – ja – mit einer großen Traurigkeit begonnen, aber einer anderen Traurigkeit als der der Witwen-

schaft. Der Frater sagte, die Dame äße nicht, noch tränke sie, und davon verfiele sie. Die Jungfrau widersprach: Sie aß und trank wie alle Leute, oder wie eine Dame, die sich aus Gesundheitsgründen in Ernährungsfragen Zurückhaltung auferlege, um sich in guter Verfassung zu halten; aber dennoch, in der Tat, sieche sie dahin. Beide stimmten darin überein, daß sie häufig seufze, niemanden sehen wolle, Tag und Nacht ausgestreckt in ihrer Kemenate liege, im Dunkeln, und nicht einmal mehr genug Kraft habe, um für das Meßopfer aufzustehen. Der Kaplan las die Messe für sie in der Kapelle der Kemenate, geheiligt durch den Altarstein, den Dom Gundisalvo von der Mauer des Heiligen Grabes aus Jerusalem mitgebracht hatte, sowie durch ein Heiligenbild des Sankt Recolato von Tifónia, das der Kaiser persönlich ihm vermacht hatte. Doch selten las er sie bis zu Ende, denn die Herrin seufzte und stöhnte so heftig und häufig, daß er manchmal daran dachte, sie zu beschwören, und sogar den Erzbischof befragt hatte, wofür er, ein armer Frater, der kaum gehen, geschweige denn reiten konnte, auf dem Rükken eines Maultiers die lange Reise in die Stadt und zurück unternommen hatte. Doch nach Kenntnisnahme der Umstände hatte der Erzbischof, dieser heilige Mann, nichts mehr von dem Fall wissen wollen und ihn barsch mit den Worten entlassen ...
Die Jungfrau unterbrach:
»Die Herrin wünscht, er möge ohne Aufschub heraufkommen.«
Nun, während sie vorausging – im Halbdunkel, das die Fakkeln kaum verscheuchten, schienen ihre Hüften noch freier zu tanzen –, hinter ihr der Kaplan, stieg der Reiter die Stufen hinauf und betrat einen anderen großen Saal. Er blickte umher und bemerkte nicht, daß es schon die Kemenate war. Viele Menschen waren im Saal versammelt: alles junge Damen wie die drei, die er kannte, und die beiden anderen befanden sich unter ihnen. Die ganze Versammlung musterte ihn ängstlich und neugierig und murmelte anerkennend.
Im Hintergrund ging eine Tür auf, die er nicht gesehen hatte,

und zwei Männer mit Spitzbärten traten auf ihn zu, gekleidet in lange schwarze, rabengleich flatternde Gewänder. Bei ihrem Eintritt und als sie vor dem Reiter stehenblieben, entstand tiefe Stille, die vollkommen wurde, als sie ihn mit feindseligem Schweigen von Kopf bis Fuß musterten. Der Jüngling fragte:
»Seid Ihr die Physici, die an der Rettung der Herrin verzweifeln?«
Und sie antworteten:
»Ja.«
»Wir sind nämlich keine Königssöhne. Wir sind nicht schön. Wir haben keine andere Jungfernschaft als die der Wissenschaft.«
Gemurmel durchlief alle Ecken des Saals. Und nun fragten die Physici:
»Seid Ihr all das, um derjenige zu sein, den sie angeblich erwartet?«
»Königssohn bin ich nicht, könnte es aber sein. Schön ...«
»Ja!« riefen die Anwesenden unverzüglich im Chor.
»Und was das übrige betrifft ...«
»Auch das«, sagte die Jungfrau, und zwei weitere Stimmen bekräftigten sie, als sie bereits ins Halbdunkel flüchtete, um sich zu verbergen, und die Anwesenden sie rasch in ihre Mitte nahmen.
»Großer Physicus ... das werden wir sehen«, sagten die beiden Ärzte.
Und schon begannen sie mit der Prüfung. Verwendete er einen Kindernabel, gekocht oder gebraten? Und den Strang des Erhenkten? Wie lange weichte er ihn ein? Bei Neumond oder bei abnehmendem Mond? Und das verdorrte Auge des schwarzen Katers? Röstete er es? Und die Pfote des Maulwurfs? In Ginster- oder in Thymianbrühe? Und sie fragten noch vieles mehr, das ihr umfassendes Wissen beweisen sollte, als der Reiter sagte:
»Aber das sind Hexenkünste, niemals Arzneien.«
Allgemeines Gelächter hallte kristallklar im Saal wider. Und

sogar der Frater, sich hastig bekreuzigend, ließ seiner Fröhlichkeit freien Lauf.
Die beiden Ärzte schwiegen betreten. Einer von ihnen, mit hagerem, düsterem Gesicht, erklärte dann:
»Die Grenze zwischen Medizin und Hexerei ist nur die der Tugend und die des Glaubens. In Bologna, in Padua, in Salamanca, in Paris, wo ich studiert habe und von wo aus ich Leibarzt des Königs von Frankreich wurde, und des Grafen von Savoyen und des Marquis von Monferrato, und des Herzogs von Lothringen, und des Herrn von Biskaya – mögen sie alle im Frieden Gottes ruhen ...«
Ein schrecklicher Schrei drang aus dem anderen Saal, aus dem sie hereingetreten waren. Da sagte der Reiter:
»Führt mich zu eurer Herrin, bevor sie durch eurer Hände Werk solch illustren Herrschern Gesellschaft leisten wird.«
Und mit kraftvoller Gebärde die fassungslosen Physici beiseite schiebend, ging er auf die Tür zu, die er durchschritt und dröhnend hinter sich zuschlug. Die Versammlung blickte noch auf die Tür, die so gedröhnt hatte, als sie einen Spalt aufging, um eine andere Dame heraustreten zu lassen, die erklärte:
»Er hat mich hinausgeworfen. Er will mit ihr allein sein. Oh, was für ein schöner Physicus!«
Beifälliges Gemurmel hallte als Echo der Worte durch den Saal.

. . . .

Dona Urraca von Biskaya, Tochter von Dom Tortozendo Ermiges, dem Kämpfer, und Witwe von Dom Gundisalvo Maurentöter, dem von Pendão, lag auf ihrem Bett. In dem Gewirr von Decken und Fellen, aus denen ihr Bett bestand, und so breit, daß drei Ehepaare darin bequem hätten schlafen können, war ihr Körper nicht zu erkennen. Nur das Gesicht mit geschlossenen Augen und den auf den weißen Kissen ausgebreiteten schwarzen Haaren stach hervor, wie ein abgetrenntes Haupt, ausgezehrt und blutleer, als sei es am Kopfende dieses

riesigen Bettes vergessen worden. Der Reiter beugte sich über das Haupt und betrachtete die langen Wimpern, die Bogen der Brauen, die kleine spitze Nase, den Mund mit bleichen dicken Lippen, das sehr runde Kinn, die farblosen eingefallenen Wangen und die tiefen Ränder unter den Augen. Und mit mehreren aufeinanderfolgenden kühnen Bewegungen warf er alle Dekken auf den Fußboden. Nackt auf dem weißen Leintuch, rührte Dona Urraca sich nicht und schlug nicht einmal die Augen auf. Ihre elfenbeinfarbene Haut stach von dem Weiß ab und schien zugleich mit ihm zu verschmelzen. Der Hals war lang und mager wie die Schultern. Aber aus der Höhle der Schlüsselbeine wölbten sich die Brüste, wiewohl in Kurven und Gegenkurven fallend, gekrönt von krausen, langen und dunklen Warzen. Die Taille darunter war schlank, und das knochige, breite Becken ließ die Spitzen der Hüfte leicht hervortreten, von denen der Bauch in rundlicher Linie seinen Anfang nahm, als wolle er über dem Nabel, einem Löchlein gleich, das in der Mitte eines Gewässers abläuft, einstürzen. Und in einer sich biegenden Welle fiel der Bauch zu einer Anhöhe ab, dessen anderer Hang schwarzes Dickicht bedeckte, das sich im zarten Tal der nebeneinanderliegenden Schenkel verlor. Die Arme hingen mager herunter, an ihrem Ende schlanke Finger mit langen Nägeln. Die Schenkel verjüngten sich gegen die spitzen Knie, und die Schienbeine waren mager mit ihren seitlich ruhenden Waden. Aber die Knöchel waren überzart, und nur die Füße hoben sich starr mit krummen, gespreizten Zehen.
Der Reiter musterte sie dergestalt gründlich, als sähe er zum ersten Mal eine entkleidete Frau, und ihm war plötzlich, als habe er vor seinem Traum nie eine gesehen: er, der von Frauen wie Männern, denen er später seine Kur verschrieb, immer verlangte, er wußte nicht warum, sie sollten sich ihm zunächst so zeigen.
Dona Urracas Beine lösten sich voneinander. Laue Wellen durchliefen den Jüngling, der im eigenen Körper sah, wie sich

die Göttinnen auf seinem Unterleib verknäuelten, und mit halbgeöffneten Lippen neigte er sich ihnen entgegen. Als er sie auf den scharfen Geruch setzte, fühlte er, daß man an seinen Haaren riß, und Dona Urracas Finger vergruben sich in seinem Kopf. Nur einen Augenblick. Er setzte die Kappe wieder auf, die er nicht aus der Hand gelegt hatte, und hob den Kopf. Und, sich vom Bett entfernend, auf dem sich ihre Augen im regungslosen Körper weit öffneten, schritt er zur Tür und rief hinaus.

Die Physici traten ein, und mit ihnen die drei Jungfrauen, dazu jene, die er hinausgeschickt hatte. Und er erteilte seine Anweisungen. Die Physici sollten ihn für ein Bad zur Ader lassen, das sie aus seinem mit lauwarmem Wasser gemischten Blut nehmen sollte. Dafür streckte er ihnen gebieterisch den rechten Arm entgegen. An Füßen und Schultern festgehalten, sollte sie dann siebenmal mit Kopf und allem in dieses Wasser seiner Keuschheit getaucht werden. Währenddessen würde er dort auf ihrem Bett nackt ausruhen und erst aufstehen, wenn das siebenmalige Untertauchen beendet wäre. Er spürte Verlangen nach einer Abwandlung dieses Vorgangs, der sein erprobtes Hausmittel war. Die drei Jungfrauen, die ihm begegnet waren, blieben bei ihm, bis Dona Urraca vom Bad zurückgebracht und neben ihn gebettet sein würde. Eine Regung des Unmuts seitens der Physici und der Jungfrau, die er hinausgewiesen und die Dona Urraca sogleich wieder zugedeckt hatte, und sogar der drei anderen entrang ihm ein Lächeln. Und er erklärte ihnen, er habe die Macht, sich unsichtbar zu machen, was er veranschaulichen werde. Nun tauchte der Frater, den er nicht hatte eintreten sehen, aus dem Halbdunkel auf und schrie ihm, sein Brustkreuz vor dem Wanst gereckt, zu:

»Vade retro, vade retro, vade retro, Satanas!«

Alle wichen entsetzt zurück, und Dona Urraca wand sich auf dem Bett und stöhnte. Doch der junge Reiter blieb ungerührt und schritt auf den Frater zu. Mit jedem Fuß, den er vorsetzte,

wich der Frater um einen zurück. Bis er mit dem dumpfen Geräusch eines fallenden Sacks auf die Knie sank und mit stierem Blick Worte stammelte. Da hob der Jüngling ihn auf und geleitete ihn am Arm zum Hausaltar, in der die Kerzenleuchter flakkerten, und hieß ihn niederknien; er selbst kniete neben ihm, bekreuzigte sich andächtig und stimmte das *Salve Regina* an mit einer Stimme und in einem Latein von solch wunderbarem Klang, daß alle mitsangen. Dann erhob er sich und sagte:
»Warum solltet ihr denken, daß ein junger Mann wie ich, schön und jungfräulich, der sein Blut für die Rettung der Sterbenden hingibt, kein guter Christ sei? Ich habe keinen Pakt mit dem Satan geschlossen. Er verfolgt mich wie euch alle und, wenn mein Körper ihm auch gehört, so gehört meine Seele Gott ...«
Wiederum bekreuzigten sich alle. Der Frater jedoch stammelte, das sei noch nicht die rechte Lehre, Gott unser Herr sei durch Werk und Gnade des Heiligen Geistes Fleisch geworden, das Fleisch sei schwach und sündig, leichte Beute des Teufels, aber Gott habe es erlöst und ihm die Auferstehung verheißen. Der Reiter erwiderte nichts. Er begann sich lediglich zu entkleiden und legte die Kappe ab. Und alles geschah, wie er gesagt hatte.

. . . .

Auf dem Bett ruhend, hingestreckt, nachdem man ihm wie immer bei diesen Gelegenheiten das notwendige Blut für das Bad entnommen hatte, fühlte er für die Dauer desselben entsetzliche Kälte. So entsetzlich, daß er über und über schauderte und mit den Zähnen klapperte. Und seine am Körper ruhenden Hände verkrallten sich in seine Schenkel. Doch diesmal fühlte er, als sei zwischen der schrecklichen Kälte, die er empfand, und seinem innersten Selbst ein glühender Schleier gezogen. Und seine Augen wurden nicht müde, die neben ihm auf dem Bettrand sitzenden drei Jungfrauen, die ihn nicht sahen, anzustarren. Auch der in der Kapelle im hinteren Teil des Saals kniende und betende Kaplan würde ihn nicht sehen, sollte er sich umdrehen. Er dachte daran, ihn hinauszuschicken. Doch wozu, wenn jener ihn nicht sah? Und so wartete er schlotternd, daß der Teufel käme, um ihn trotz allem nackt und unbedeckt zu überfallen. Doch er kam in der Tat nicht. Was aber kam, war das Verlangen, die Hände nach den Jungfrauen auszustrecken, die leise plauderten, ohne daß er infolge der Breite des Betts hörte, was sie sagten. Sie sprachen jedoch von ihm, das fühlte er, und ihr Flüstern machte einen Teil der Glut aus, die ihn schützte. Er wälzte sich im Bett näher, bis er an ihren auf dem Bettrand ruhenden Hüften lehnte. Und während seine Hände zum Zeitvertreib über sie hinfuhren und sie kitzelten, was sie leicht erschauern ließ, konnte er hören, was sie sagten.

Sie befragten einander, wer er wohl sei, so jung, so schön, so weise, ein so außergewöhnlicher Mensch, der log, wenn er behauptete, kein Königssohn zu sein. Vermutlich war er bei seiner Geburt geraubt und mit einem anderen vertauscht worden, was Königssöhnen aus Rache bekanntlich häufig widerfährt. Und eine der Jungfrauen, eben jene, deren Nacken er gerade streichelte, erzählte den anderen zahlreiche bekannte oder mutmaßliche Fälle, was dazu führte, daß sie sich weiterer Fälle entsannen, die sie ernstlich prüften, und Schlußfolgerungen zogen (als seine Hände bereits in ihr Kleid geschlüpft waren und die Brüste eben jener liebkosten, die am verbissensten Schlüsse zog), er sei bestimmt ein Königssohn. Oder, wie die dritte – deren Schenkel er jetzt betastete – äußerte, er sei Sohn einer Königin, eine Vermutung, die den anderen besonders verlockend schien. Die Königin hatte mit einem Pagen gesündigt, während der König fern im Heiligen Land weilte; und damit er nichts von ihrem Ehebruch erfuhr, ließ sie das Kind von einer entfernt wohnenden Amme aufziehen; und die Amme, der man den wunderschönen Knaben gebracht hatte, ahnte nicht im entferntesten, wen sie da aufzog; und später, als er schon herangewachsen war, erschien seine Patin, eine Dame, die sich als Patin ausgab (und die natürlich seine verkleidete

Mutter war), und nahm ihn mit; unterwegs wartete ein Reiter auf sie, der den Jungen zu sich nahm und ihn in den bedeutenden Wissenschaften dieser und der anderen Welt unterwies; und als er starb, hatte der Jüngling alles verkauft und wanderte durch die Welt, deren Wissenschaften er kannte; und sein höchstes Wissen lag darin, sein Blut zur Errettung der Sterbenden zu opfern.

Nach und nach löste er sich aus dem Knäuel und hörte auf, sie zu liebkosen, und er fühlte eine Glut und die Gewißheit, daß seine Träume wahr sein könnten, und verzückt hörte er ihnen zu. Denn soweit er wußte, erzählten sie Erinnerungen aus seinem eigenen Leben. All das war wahr. Nur daß seine Mutter nicht mit einem Pagen gesündigt hatte, sondern mit einem Prinzen, der hätte König werden können, wären die beiden gestorben, die in der königlichen Erbfolge vor ihm standen; und seine Mutter war keine Königin, auch keine Herzogin, sondern die Hofdame einer Gräfin (übrigens war die Gräfin fast eine Königin), und die Gräfin erlaubte nicht, daß ihre Damen heirateten oder an Männer dachten, da sie ihnen ja die Zärtlichkeit ihres Herzens gewährte. Nur eines wußten sie nicht, wenn sie über ihn nachdachten, ohne zu wissen, daß sie so viel wußten. Plötzlich durchdrang ihn tiefe Bitterkeit wie ein Kälteschauer, die Kälte, die er ganz vergessen hatte: wenn sie bei ihrem Nachsinnen sein Leben so leicht errieten, so deshalb, weil sein Leben im Gegensatz zu all dem, was man ihn immer denken ließ, nichts Unvorstellbares an sich hatte, wenngleich sie begonnen hatten, es so zu sehen. Wiederum durchfuhr ihn die Glut und, gemischt mit Eiseskälte, erfüllte sie ihn jetzt mit einer unerträglichen Beklommenheit, wie er sie nie empfunden hatte. Nein: sein Leben war nicht wie das der anderen, oder er war nicht wie die anderen. Wer besaß wie er eine Tarnkappe? Wer, wie er, besaß wohl einen verliebten Teufel? Ihn durchlief heftiges Zittern, und schmerzhafte Schauder blieben da und dort an seinem Körper haften. Kalter Schweiß rann über seinen Körper, als hülle ein feuchtes Laken ihn wie ein Leintuch ein.

Er fühlte, daß sein Kopf sich drehte, seine Glieder lösten sich von ihm, als werde er gevierteilt, und er sank in das Bett, den Kopf nach unten. In dieser Trance lächelte er triumphierend, denn wenn das geschah, war die Dame geheilt. Woran er, seiner gewaltigen Macht gewiß und sicher, offensichtlich nie gezweifelt hatte. Lächelnd streckte er sich aus. Er stellte sich im Bett auf und vergnügte sich damit, seinen Körper an den Köpfen der Jungfrauen zu reiben, die jetzt still und schweigsam saßen in der Erwartung, daß ihre Herrin zurückgebracht werde. Und er, an ihre Köpfe gelehnt, sprang über sie hinweg auf den Steinfußboden und wirbelte in tollem Tanz durch den Saal.

. . . .

Es war tiefe Nacht, als in dem von den Jungfrauen überfüllten Saal, welche die Physici und der Kaplan vergeblich zurückhalten wollten, Dona Urraca neben ihn gelegt wurde, allen Augen ausgesetzt, und ruhig atmete in einem Schlaf, der ihr die natürliche Körperwärme zurückgebracht hatte. Er hatte sich indes angekleidet und die Kemenate ungesehen verlassen. In dem großen, leeren Saal, in dem das aus der Kemenate dringende Gemurmel nur schwach widerhallte, lehnte er sich in eine Fensternische und blickte in die dunkle Nacht hinaus. Man hatte ihn vergessen. Schließlich war er ein Mensch, der wie alle Menschen aß und schlief und sein Leben wie alle Menschen verdiente, die kein Schloß oder Geschäft besaßen. Denn was er verkaufte, war seine Macht. Aber das gespendete Blut mußte man ihm bezahlen. Er verspürte große Schwäche in den Beinen, in den Armen, wo die Verletzung der Blutabnahme eine kleine dunkle Pustel in der rechten Armbeuge hinterlassen hatte. Er legte den Arm auf die Brüstung der Fensternische und blickte widerwillig auf die trockene Wunde. Wie hatte das alles begonnen? Warum mußte er so sein Leben in der weiten Welt verdienen, indem er sein Blut, sein kostbares, dunkelrotes, dickflüssiges und zugleich so flüssiges Blut Männern und

Frauen opferte, die an ihm unbekannten Leiden litten? Wie viele Male war das schon geschehen? Sehr viele. Seit er allein geblieben und in die Welt gezogen war, sehr viele Male. Alte und junge Männer, verheiratete Frauen, Jungfern und Witwen, Kinder und Heranwachsende hatten im Fluid seines Blutes gebadet, um Leben und Gesundheit wiederzugewinnen. Und plötzlich fragte er sich: was war wohl aus ihnen geworden: ob sie lange leben, wie sie leben würden? Denn immer zog er kurz darauf weiter und sah oder hörte von keinem von ihnen mehr. Plötzlich erinnerte er sich daran, daß er keinerlei entsprechende Empfehlungen über das Badewasser hinterlassen hatte. Er fuhr zusammen. Schon einmal hatte das Wasser ihn fast das Leben gekostet, wäre er nicht rechtzeitig entwichen. Die Wächter, der Bischof, die Theologen, die Inquisitoren, die Physici, die schreiende Frau, die man mit Weihwasser besprengte, die Alte, die behauptete, sie habe ihn das Neugeborene vierteilen und dessen Händchen verspeisen sehen, endlich der auf dem Marktplatz aufgerichtete Galgen mit seinem Scheiterhaufen, und der Herzog, der Befehle erteilte, und er, der die Stufen hinaufstieg, plötzlich unsichtbar mitten im Aufruhr, als der Henker ihm die von einem Wächter eilends gebrachte Kappe aufsetzte, denn die Kappe sollte mit ihm verbrannt werden. Das Wasser war nämlich übelriechend und schwarz geworden, Hebamme und Syndikus hatten es in Krügen zum Bischof geschleppt. Vorsichtig versicherte er sich, daß er noch unsichtbar war (was er daran merken konnte, daß er die Hände übereinanderlegte und beide nach wie vor sah), und kehrte in Dona Urracas Kemenate zurück, wobei er die Tür langsam einen Spaltbreit öffnete. Niemand war anwesend. Nur die Wachskerzen der Hauskapelle erleuchteten schwach die drükkende Luft die … ja … ein wenig wie sein Badewasser roch. Er atmete den Geruch kurz ein und sah die Göttinnen im Traum über sich. Schließlich war es ein sonderbarer, aber kein übler Geruch; und er zog ihn zum Bett, in dem Dona Urraca schlief. Von neuem aber wurden schreckenerregende Erinne-

rungen in ihm wach, die ihn durch die Kemenate trieben und ihn die Tür zum anliegenden Raum, in dem das Bad stattgefunden hatte, aufstoßen hießen. Im Fackelschein tauchten drei Köpfe aus dem Becken in der Mitte des viereckigen Raums. Er trat näher, um sie deutlicher zu erkennen. Und sah, daß es die Köpfe der beiden Physici und des Kaplans waren, die gerade ein Sitzbad nahmen.
Er vermochte ein lautes Lachen, das sie schlotternd aufscheuchte, nicht zu unterdrücken, die beiden Physici knochendürr, der Kaplan in seiner bibbernd schwabbeligen Fettleibigkeit. Ihre Gesichter reizten sein Lachen noch mehr. Und die drei sprangen schwerfällig über den Beckenrand, bekreuzigten sich verstört, entsetzt, packten ihre auf den Fußboden geworfenen Kleider und entflohen durch eine der hinteren Türen. Er folgte ihnen bis dorthin und sah sie noch eine dunkle Treppe, die nach dem von dort aufsteigenden Brand- und Essensgeruch in die Küchenräume des Schlosses führen mußte, Hals über Kopf hinunterstürzen. Nun kehrte er zu dem Becken zurück und beugte sich darüber. Das Wasser war ruhig und dunkel, glatt wie ein Spiegel. Er mochte noch so begierig einatmen, es roch nach nichts. Aber er sah darin sein Spiegelbild. Zärtlich beobachtete er sich, mit liebevollem Mitgefühl für sich selbst. Für die Spiegel war er nie unsichtbar und fand sich angesichts der Spiegel schön und traurig, einsam und arm, unbehaust und unbegleitet, und als einzigen Gefährten hatte er nur sein Ebenbild. Daher badete er auch so gerne in Flüssen, als sei im Wasser zu tauchen und sich zu tummeln die beste Art, sich mit diesem fesselnden Bild zu vereinigen, das nie unsichtbar noch an ihn gebunden war, es sei denn, er hätte es selbst gebrochen. Was würde geschehen, wenn auch er in sein eigenes Blutbad stiege? Undeutlich wußte er es im eigenen erzitternden Fleisch. Alt und welk würde er heraussteigen, blind und taub, seine Stimme nur mehr Rabengekrächz. Nun sammelte er Speichel, räusperte sich geräuschvoll und spuckte ins Wasser. Es kochte aufwirbelnd, begann heftige Dampfwolken zu entwickeln und

schrumpfte rasch, bis auf dem Boden des Beckens nur noch einige trockene Pusteln zurückblieben, wie die in seinem Arm. Ein leichter, spitzer Schmerz fuhr durch seinen Arm hoch, an dem er mit einiger Verwunderung feststellte, daß keine Zeichen des Aderlasses mehr zu sehen waren. Wieder spuckte er in das Becken. Jetzt lösten sich die Pusteln auf. Und die in der Luft schwebenden Dämpfe sanken herab und verdichteten sich im Becken, das sich nach und nach von neuem füllte, doch mit klarem, durchsichtigem, reinstem Wasser, aus dem ihm sein Ebenbild entgegenlächelte.

Tief, mit großer, von Herzen kommender Erleichterung atmete er auf und kehrte in Dona Urracas Kemenate zurück. Als er eintrat, spürte er Bewegung in der Luft. Sie war es, die mit ausgestreckten Armen wie blind hin und her tippelte, in schimmernder Nacktheit, und die Leere mit ihren langen Fingern umklammerte. Den Atem anhaltend, lehnte er sich an die Wand und wartete. Nun kam sie auf ihn zugeeilt, als hoffe sie, er hänge dort wie ein Wandteppich. Ihre Hand berührte seine Schulter, die sie betastete und in die sie dann ihre Fingernägel eingrub. Und schon umfing ihr anderer Arm seinen Kopf und drückte ihn gegen ihre halbgeöffneten Lippen, die vom Speichel naß waren. Ihr ganzer Körper preßte sich heftig an ihn, rieb sich an ihm. Und während er von ihren ungestümen, immer neuen Küssen verzehrt wurde, hörte er sie heiser sagen: »So, so, unsichtbar will ich dich. Komm.«

Und er, sein Körper eine einzige, fast berstende Spannung, hielt seine Kappe fest, damit sie nicht fiel, und ließ sich von jenen Händen entkleiden, die über ihn hinfuhren, ohne einen Winkel zu übergehen, den sie nicht mit fragenden Fingern erforschten, wobei sie ihn umkreiste, sich niederbeugte, aufstand und ihn mit Küssen bedeckte; und die Augen schließend, ließ er sich zum Bett führen, wo er, unsichtbar sein Körper, doch nicht seine empfundene Lust, seine Jungfräulichkeit völlig verlor.

III

Als er erwachte, war ihm, als hätte er nicht geschlafen oder als wäre alles in einem langen Schlaf geschehen, in dem er die Augen nicht geöffnet hatte, um zu sehen, und in dem er sogar das gesehen hatte, was er in Ermangelung eines Raums, in dem die Augen sehen konnten, nicht hätte gesehen haben können. Ein bitterer Geschmack dörrte ihm den Mund aus. Die Arme taten ihm weh. Und die Hüften waren eine Schwäche, die ihm bis zum Nacken aufstieg. Sich räkelnd öffnete er die Augen. Das erste, was er sah, war der Baldachin des Betts. Und instinktiv hob er die Hand zum Kopf. Seine Kappe fehlte. Erschrocken setzte er sich. Blickte umher. Dona Urraca war verschwunden. Voller Sorge erhob er sich, und Schwindel ließ ihn in Sitzstellung auf den Bettrand niederfallen. Seine Sorge nahm zu. Wieder versuchte er sich aufzurichten, der Schwindel war gewichen. Hastig kleidete er sich an. Und verzweifelt durchwühlte er nun das Bettzeug, den großen Kleiderschrank, den er in einer Ecke sah, alles. Bis er sich an die Hauskapelle erinnerte, deren breite Türen geschlossen waren; die Kerzen in den hohen Leuchtern zu beiden Seiten waren fast heruntergebrannt. Er öffnete die Türen. Und schon streckte er die Hand nach der Kappe aus, die zu Füßen der Heiligenbilder lag, als Gelächter ihn sich umdrehen ließ.

Dona Urraca stand hinter ihm und sagte:

»Deine Kappe, mehr als dein Blut, hat das Wunder der Heiligen bewirkt, zu denen ich so oft gebetet habe. Mit ihr warst du unsichtbar. Und da also derselbe Mann unsichtbar wurde, der sichtbar ein Wunder der Schönheit war, konntest nur du mich von meinen Übeln heilen. Nach den Berichten meiner Jungfrauen warst du schön und jungfräulich. Daß du kraft deines jungfräulichen Bluts ein wundertätiger Physicus warst, hattest du gesagt und hast es bewiesen. Doch was mich heilte, war, daß ich dich lieben konnte, ohne dich zu sehen, da du der gleiche wunderbare Körper bist, den ich gesehen hatte und der nie so wunderbar ist, wie man sich ihn vorzustellen wagt. Unsichtbar warst du mehr als all das, was du sichtbar mir versprachst. Jetzt bist du mein, und ich werde deiner nie müde werden. Denn wenn wir wollen oder wenn wir fürchten, daß wir dadurch, daß ich dich sehe, einander müde werden könnten, da die Gebärden der Liebe immer die gleichen sind und nur die Lust nicht die gleiche ist, wenn wir sie nicht zum bloßen Körper werden lassen, der sich bewegt, um sie zu empfangen und zu geben; immer werde ich imstande sein, dich nicht zu sehen, um dich in meiner Seele zu sehen und in der Tiefe meines Körpers, zu dem du dank deines eigenen Zugang hast, so wie du warst und in dem Augenblick gewesen bist, als du, unsichtbar, in mir aufhörtest, Jungfrau zu sein. Ja, ich weiß, daß du es warst, ich erhielt dafür den Beweis, der nicht täuscht. Trotz all deiner Wissenschaft verstandest du nicht, mit deinen Bewegungen und der Gelegenheit dein Begehren und das meine aufeinander abzustimmen. Wärst du nicht Jungfrau gewesen, hättest aber nie wahrhaft begehrt oder nie etwas anderes oder jemand anderen begehrt als dich selbst, du verstündest alles abzustimmen, als wäre ich nicht vorhanden. Und wärst du es nicht gewesen, jedoch erfahren in den Spielen der Leidenschaft und in der Lust, begehrt zu sein, verstündest du alles so abzustimmen, als wäre dein Begehren dir unwichtig gewesen. Und ohne mich und dem, was ich gefühlt hatte, wüßtest du weder das eine noch das andere.

Verblüfft hörte er zu, und sein im Wasser gespiegeltes, ihm zulächelndes Ebenbild wollte ihm nicht aus dem Sinn. Als habe sie soeben seine Gedanken erraten, fuhr sie fort:

»Und ich weiß auch, daß du dich oft betrachtetest, daß das einzige Bild, das dir zulächelte, dein eigenes war. Aber ich weiß, daß du um seinetwillen nie deine Jungfräulichkeit angetastet hast. Denn hättest du sie angetastet, wärst du dir selbst stets dein eigenes Liebesbild geblieben, du hättest dich mir nicht hingegeben, wie du dich mir hingegeben hast, und ich hätte heftig gegen dein Bild ankämpfen müssen, bis dein Begehren mich erkannt hätte; und selbst wenn es mich ganz erkannt hätte, hättest du dich sogleich von mir zurückgezogen und wärst in die Arme deines eigenen Bildes zurückgesunken, bevor du plötzlich gefühlt hättest, daß du aus deinem eigenen Ich herausgefahren warst, doch nicht seinem Daseinsraum entgegen, sondern mir entgegen. Auch das ist nicht geschehen. Wenn du dich betrachtetest, betrachtetest du nicht dich, sondern das, was du für den sein würdest, der dich betrachtete ...

Die beiden lagen im Bett, und sie streichelte sein Haar. Und sie fuhr fort:

»Deine Augen fragen mich, woher ich das alles weiß. Und diese mit den Augen gestellte Frage ist, sollte er noch notwendig sein, ein weiterer Beweis für deine Jungfräulichkeit. Denn ich weiß all das auf eine Weise, die du dir nicht vorstellen kannst. Unzählig sind die Männer, mit denen ich geschlafen habe, einige blutjung und unerfahren, die ich alles lehren mußte inmitten der Erschrockenheit, in der sie befangen waren; andere, ältere und erfahrenere, die ich demütigen mußte mit dem, was sie nicht wußten. Und eines kann ich dir versichern: ich lernte von ihnen kennen, was sie nicht einmal von sich selber kannten. Eine Frau wie ich weiß von den Männern, was die Männer nicht wissen. Und jetzt, mit dir, war es, als diene alles, was ich wußte, nur dazu, um deine Jungfräulichkeit zu beweisen, und als sollte ich in deinen Armen alles verlernen ...«

Sie schmiegte sich zärtlich an ihn, und er fühlte ihre andere Hand, wie sie ein neues Begehren hemmte, das sie zu übersehen schien, und fügte hinzu:

»Denn nur du hast mich wahrhaftig erkannt, und du wirst dir mein Staunen nicht vorstellen können, als ich entdeckte, daß die Leere, die ich in so großem Maße erfahren hatte, viel größer als vermutet gewesen war. Du hast mich besessen, wie niemand mich je besessen hat und wie ich es niemals für möglich gehalten hätte. Ich sage dir noch mehr: Nie habe ich gefühlt, was ich

mit dir gefühlt habe. Im Grunde verachtete ich sie und ihr Begehren, selbst wenn ich es war, die es herausforderte, oder vielleicht gerade darum; und nie habe ich mich ganz hingegeben, jetzt weiß ich es: nie. Ich entsetzte mich vor ihnen und vor mir. Aber du …« Und sie küßte ihn lange.
Mit einemmal drehte er sich um, bedeckte sie mit seinem Körper und gab ihr die Küsse zurück, über ihr ganzes Gesicht, über ihren Hals, ihre Kehle. Und sie nahm ihn an den Haaren, drückte seinen Kopf gegen den ihren und preßte ihre Münder wild aufeinander. Doch er löste sich von ihr und sprang aus dem Bett. Sie faßte ihn an einer Hand, zog ihn an sich und sagte:
»Hab keine Angst. Denn da ich dich nicht sah, als du unsichtbar warst, hast du auch nicht die Keuschheit deines Blutes verloren. Und wenn du sie bei einem ersten Mal nicht verlorst, wirst du sie nie verlieren, und ich werde dich jetzt sehen und sehend dir gehören können. Komm, hab keine Angst, fürchte nichts. Beim Licht der Sonne, die schon hoch steht, werde ich dich sehen können, wie ich niemals jemanden gesehen habe.«
Und als er stürmisch nachgab, war sie es, die aufstand und ihn zuerst sehen wollte, wie Gott ihn in die Welt gesetzt hatte, sitzend, stehend, gehend, und schließlich im Bett liegend, in dem sie sich neben ihm ausstreckte, damit er sie als ihr Herr und Gebieter entkleidete.

……………………………………………

Später, als die beiden am Fenster speisten und das Abendgold in den Bäumen des Flußufers sahen, beugte sie sich über den Tisch und sagte, sein Gesicht streichelnd:
»Ich weiß deinen Namen nicht. Wie heißt du, mein Geliebter?«
»Was tut mein Name? Was kann es bedeuten, daß mein Name dieser oder jener sei? In Wirklichkeit habe ich keinen Namen, denn der mir gegebene Name ist nicht der meine. Abgesehen

davon, daß ich in jedem Land meinen Namen ändere und in jedem Schloß, in dem ich haltmache. Laß mich denn ohne Namen, wie du mich entjungfert hast, ohne es zu wissen. Wenn ich weiterhin Jungfrau bleibe, ohne es noch zu sein, ist es besser, daß ich keinen anderen Namen habe als den, den du mir gäbest. Und wenn ich weiterziehe, wirst du dich immer durch ihn an mich erinnern; und wenn ich mich an dich erinnerte, werde ich mit Gewißheit wissen, wer ich bin, da ich für dich jener Name gewesen bin, den du mir gabst! Welchen Namen willst du mir geben?«

»Keinen ... Denn ich verstehe, daß du zu mir sprichst wie einer, der es gewohnt ist, weiterzuziehen und einen Namen zu hinterlassen, der dir ebenso wenig gehört, wie du jenen gehörst, denen du ein wohltuendes und herrliches Andenken hinterläßt. Doch von hier wirst du nicht weiterziehen. Und wenn es nötig ist, daß du keinen Namen hast, damit du dableibst, werde ich dir gewiß keinen geben.«

»Aber wie könnte ich dableiben?« fragte er und schwankte unentschlossen zwischen Ziehen und Bleiben.

Und sie erhob sich, kehrte zurück, stützte sich auf ihn, der noch immer saß; und, eine Hand auf seinem Haar, fragte sie:

»Wie könntest du fortziehen? ... Zittere nicht. Ich werde dich nicht festhalten, werde dich nicht verfolgen, werde dich nicht behexen. Du bist völlig frei. Könnte ich dich denn festhalten wollen, nach dem, was du für mich warst? Hielte ich dich gefangen, und sei es mit Banden mächtiger Liebe, aus denen selbst du nicht fliehen wolltest, welche Freude könntest du in meinen Armen, welche könnte ich in den deinen genießen? Sicherlich würdest du mich mit stärkerer Inbrunst lieben, als wolltest du mich mit deinen männlichen Waffen töten, und ich würde daraus doppelte Lust gewinnen. Doch wie ... wie könnte ich dir später in die Augen schauen, wenn ich in ihnen schrecklichen Groll darüber sähe, daß du an mich gefesselt bist, Groll, den du nicht einmal dir selber eingestehen würdest, den deine Augen mir aber immer kundtäten, zu jeder Stunde, selbst wenn sie brennen würden im Begehren oder im gegenseitigen Versinken?

Nun lehnte er den Kopf an ihre Hüfte und verharrte lange mit geschlossenen Augen, ohne an etwas zu denken, ohne etwas zu fühlen, nur der Wärme hingegeben, die ihn sanft durchdrang, und alles war nichts als Zärtlichkeit. Im Schlaf, der ihn wie glückliche Müdigkeit umfing, sang seine Amme mit Dona Urracas Stimme, sang ihm ein altes Lied, das nach und nach seinen Ohren entschwand, während er allem und sich selbst entglitt im Gefühl, daß er nicht allein in dem Boot saß, das den Fluß hinuntertrieb. Und die Gewißheit, daß er nie allein sein würde, niemals, niemals, an keinem Ort.

Mein süßer Freund, mein Hort,
der mir einst so lieb,
stahl sich fort wie ein Dieb,
ohne ein einziges Wort.
Und nimmt mit sich fort
meinen ganzen Willen;
Sehnsucht bleibt mir zu stillen
nach meinem Freund, meinem Hort.
Mein süßer Freund, mein Aar,
mein innig geliebter Hort
gönnte mir nie ein Wort,
solange er bei mir war.
Alles nahm er mir fort,
was ich einmal besaß:
Sehnsucht, jetzt mein Maß,
zieht mich zu ihm fort.

IV

Am nächsten Tag wollte Dona Urraca einen Spaziergang unternehmen, um herauszufinden, wo ihre Jungfrauen ihn getroffen hatten. Daher wurde eine lange, prächtige Kavalkade zusammengestellt, deren Vorbereitungen das ganze Schloß in Aufregung versetzten; Stimmen hallten, Pferde scharrten im Hof, Schritte durcheilten Säle und Treppen. Ein fröhlicher Wind schien alles zu bewegen, die Schatten zu verscheuchen, das dunkle Gemurmel, die erstickten Stimmen, die Menschen, die sich schweigsam zurückgezogen hatten. Als der Reiter, Dona Urraca die Hand reichend, langsam die Freitreppe herabstieg, erschallten nach kurzem bewunderndem Schweigen Hochrufe, geprägt von angehaltenem Atem und fassungslosen Ausrufen. Und das gleiche Schweigen umgab sie, als beide am Fuß der Freitreppe den überschwenglichen, langsamen Verneigungen der Köpfe antworteten, als wollten diese das Paar vom Kopf bis zu den Füßen messen und ihren Duft entzückt einatmen.
Nun befiel den jungen Reiter eine Überraschung, die er bei seiner Ankunft, die sich in der Nacht der Zeiten zu verlieren schien, schon unbewußt empfunden hatte. Um sich blickend, suchend und achtgebend, bestieg er sein Pferd, das fröhlich wieherte, von einer der drei Jungfrauen am Halfter gehalten, die er als erste gesehen hatte. Schon im Sattel, während Dona Urraca mit Hilfe der zwei anderen aufsaß, musterte der Reiter die Ansammlung von Menschen, die den Schloßhof füllte. Und wirklich war außer ihm kein einziger Mann zu sehen. Sie glitten durch die Tore, überquerten die Zugbrücke und ritten im Schritt dem Fluß entgegen. Voran er und Dona Urraca; dahinter, wie er sah, denn er drehte sich mehrmals um, um besser zu sehen, zuerst die drei Jungfrauen, nebeneinander, sodann die lange Reihe all der anderen. Es war eine prächtige, prunkvolle Kavalkade: die reich gezäumten Pferde funkelten in der Sonne, die bunten und glänzenden Gewänder erstrahlten, und die

Kopfhauben, die einen zweizipfelig, die anderen spitz, schimmerten weiß im Widerschein wehender Schleier. Aber an der Spitze des Ganzen war er der einzige Mann.

Er wandte den Kopf Dona Urraca zu, die zu seiner Linken ritt, und seine fragenden, erstaunten Augen begegneten den ihren, die wie ihre roten, halbgeöffneten Lippen lächelten. Und in ihren Augen sah er, daß sie seine offensichtliche und naheliegende Frage verstanden hatte. Aber Dona Urraca streckte ihm die Hand entgegen, die er ergriff, und drückte die seine, als wolle sie ihn beruhigen und alle Erklärungen für später aufschieben. Und er, ein wenig gezwungen lächelnd, suchte sich mit dem Anblick der Kavalkade zu zerstreuen.

Jetzt ritten sie im gleichen gemächlichen Schritt den Fluß entlang. Das Wasser floß klar und plätschernd, die Bäume regten sich in der Brise, die mit ihnen Schritt hielt, und das vom Blattwerk gefilterte oder im vorüberfließenden Wasser gebrochen gespiegelte Sonnenlicht glitt zart über die Gewänder, über das Pferdegeschirr und die Gesichter, die allesamt Jugend verströmten.

Nun sichteten sie am Wassersaum eine Lichtung, die ein Großbrand verursacht zu haben schien. Dürre, nackte Äste umgaben sie, die schüttere vergilbte Grasnarbe bedeckte die geschwärzte Erde und die Felsränder nicht mehr, und davor stand das Wasser in einer Art spiegelnder Bucht, in der gleichsam flüssige Asche reglos schwamm.

Er empfand sonderbare Unruhe, die ihm verwehrte, den Ort, an dem er ausgeruht und die Jungfrauen gesungen hatten, wiederzuerkennen; und er ließ den Blick nicht von dem Wasser, das nicht das seichte Gewässer sein konnte, in dem er gebadet hatte.

Doch die erste Jungfrau kam mit ihrem Pferd auf die Höhe von Dona Urraca, und er, der auf das ausgeglühte Baumwerk vor sich schaute, hörte sie sagen:

»Hier war es.«

Er erzitterte und senkte den Blick auf seine Hände, die die Zü-

gel hielten, während ein Gemurmel die Kavalkade durchlief, die hinter ihnen angehalten hatte und von der jetzt nur das Scharren der auf der Stelle tretenden Pferde zu hören war. Seine knochigen, feingliedrigen Hände, auf denen sich die Adern leicht unter der Haut abhoben, ruhten mit den zwischen die Finger geklemmten Zügeln auf dem Sattelknauf.
»Mach, daß alles wieder grüne!« Als er diese Stimme hörte, starrte er Dona Urraca erstaunt an.
»Es gibt nichts, was du nicht tun kannst. Befiehl, daß alles wieder grüne!«
Und alle Jungfrauen riefen im Echo: »Befiehl, befiehl!«, während die drei Anführerinnen ihn umringten und die, welche neben Dona Urraca hielt, ihm den Weg versperrte und den Hals ihres Pferdes an den seines Reittiers drückte. Und er sah in ihren Augen das Aufleuchten der Göttinnen. Er starrte Dona Urraca an. Sie saß aufrecht im Sattel, die Lippen aufeinandergepreßt, mit hartem, durchdringendem Blick, der seinen Willen und sogar seine Fähigkeit, Wunder zu wirken, befehligen zu wollen schien. Die anderen hatten einen engen Kreis gebildet, in dem die dichtstehenden Pferde die Köpfe schüttelten.
Von Panik getrieben, weil er dergleichen Dinge nie, nie versucht hatte, sah er, daß er sich nicht entziehen konnte und das versuchen mußte, was sie verlangten: so stand er langsam in den Steigbügeln auf. Alle trieben ihre Reittiere rückwärts und ließen einen Leerraum rings um ihn, in dem der Brandgeruch der Stätte beklemmender und schärfer schien. Selbst Dona Urraca wich etwas zurück, die Augen auf ihn geheftet mit dem unveränderten Ausdruck hart entschlossenen Befehlenwollens. Er hielt sich fest in den Steigbügeln, reckte gebieterisch den Körper, hob mit dem Blick zum Himmel die Hände zur Kappe und sagte leise, aber so fest wie er nur konnte:
»Es soll alles wieder grünen!«

. . . .

Ein Unwetter erhob sich in Wolken riesiger Blätter sie hielten den zerborstenen Glanz der Bäume es zerbarsten die stehenden Pferde im Geschrei der Jungfrauen im Wiehern des Wassers das aufbrach in Wogen die vom Fluß her kamen im Gekreisch der Gewänder die der Wind zerriß mit Bissen in denen die Kandaren blitzten und die Pferde aufgebracht brüllten und rasten und einander verfolgten im Windbraus der die Kleider in Fetzen zurückließ die über das Wasser hinwegflogen in wiehernden Vorhängen die sich um die Beine und Fesseln wanden und die riesigen Zähne umkrallten den zerborstenen Glanz der Baumstämme die in der Luft aufgerichtet zischten im Galopp und Gestöhn der frei dahinstürmenden Pferde und die Brüste sprangen auf im Gesprüh der Wassser die das Getümmel der Mähnen und Schweife gegen die Schreie warf im grünlichen Glanz, im grünen, tiefgrünen ... Und die Lichtung war wie ein Garten mit hohem blühendem Gras in allen Farben am Ufer des Flusses, am äußersten Rand standen die Pferde dichtgereiht, und vor ihm führte Dona Urraca, nackt, eine weiße, rosafarbene und schwarze Menschenmenge an, die auch alle nackt waren. Er ließ sich in den Sattel seines unbeweglichen Pferdes sinken und blickte sich um. Nur er war nicht nackt. Wieder blickte er umher. Die Lichtung war nicht, was sie gewesen, als er den Berg herabgestiegen war, um seinen Durst zu löschen und im Fluß zu baden. Es war ein betörender Frühling, so sprühend von Saft und Farbe, daß er in den Augen schmerzte, in den Armen und in den Beinen, mit der Mattigkeit, die den Genuß ankündigt. Und er hatte das bewirkt. Wieso hatte er nie daran gedacht, daß die Kappe Allmacht war und nicht nur Werkzeug, um ihn unsichtbar zu machen?
Doch aus der betörenden Versunkenheit, die nur Sekunden währte, weckte ihn eine Hand an seinem Bein. Er sah sich von ihnen umringt, und als Dona Urraca die Arme hob, umschlossen sie ihn, um ihn zu Fall zu bringen. Um ihn zu Fall zu bringen, nein, um ihn aus dem Sattel zu heben für all diese Arme, die ihn in Stücke reißen würden. Unversehens ließ er sein Pferd

steigen, das eine Bresche zwischen ihnen schlug und davongaloppierte. Schreie verfolgten ihn, spitze, schrille, von wütender Heiserkeit, die durch die Bäume des Hains schallten, deren Zweige ihn im Vorbeistürmen peitschten. Ein Lachen wurde neben ihm laut. Und das strauchelnde Pferd schleuderte ihn in die Luft, und er lag auf allen vieren, als er benommen den Kopf hob. Schon nahte sich die krächzende Bande mit Gebrüll. Sein Körper schmerzte, und die geringste Bewegung war langsam wie im Todeskampf. Er fand gerade noch Zeit, um die Hand zur Kappe zu heben. Aber sie bildeten eine Masse aus Hüften und Rücken und Beinen rings um das Pferd. Trotz seiner Gewißheit, daß sie ihn nicht sahen und auch nicht mehr an ihn dachten, rannte er weiter fort, versteckte sich hinter einem Baum und beobachtete, wie sie das Pferd zerfetzten und verschlangen. Dona Urraca tauchte aus dem Berg von Gesäßbakken mit einem blutenden Fleischfetzen auf, von dem sie abbiß. Mehrere andere wichen zur Seite und taten das gleiche. Und er schloß die Augen, als die drei Jungfrauen auf Dona Urraca zuliefen und ihr ein Stück überreichten, das ihn vor Entsetzen erstarren ließ und in das sie wütend biß, während der Rest der Bande sich ihr blutüberströmt nahte und sie mit Hochrufen überschüttete.
Diese Frauen waren Hexen. Er hatte mit einer Hexe geschlafen. Alle waren sie Hexen aus einem höllischen Schloß. Er hatte eine Hexe geliebt. Eine Hexe liebte ihn zärtlich. Eine Hexe, die was aß ...? Panischer Schauder überlief ihn, und er faltete die Hände, sobald er sich an Dona Urracas halbgeöffnetem Mund und ihre weißen Zähne erinnerte. Und er befahl, alles solle zu dem Augenblick zurückkehren, in dem er die Lichtung von neuem zum Grünen gebracht hatte.

. . . .

Keine Spur war zu sehen vom Pferd oder von ihnen. Heiter ließ der Hain die Sonne hindurchgleiten, die mit parallelen und schrägen Pfeilen die weißen Sonnenstäubchen funkeln ließ. Ein

Eichhörnchen sprang von einem Baum und hüpfte zu der Stelle, wo das Bankett stattgefunden hatte, setzte sich und aß langsam eine herabgefallene Frucht, die es mit den Pfötchen schälte. Und die unbestimmt raunende Stille war die eines morgendlichen Waldes ohne Menschen und ohne Pferde.
Er trat hinter seinem Baumstamm hervor und ging auf das Eichhörnchen zu. Es sah ihn nicht, fühlte ihn aber und wich ihm mit zwei kleinen Sätzen aus. Vorsichtig, auf der Lauer, schritt er weiter und hörte, daß jemand neben ihm ging. Er blieb stehen. Und das spöttische Lachen ertönte von neuem. Wieder blieb er stehen und fragte wütend:
»Warum hast du das Pferd zu Fall gebracht? Warum hast du die Lichtung in Brand gesteckt? Nur damit alles in diesem Schrekken ein Ende finde?«
Und er ließ sich auf dem Waldboden nieder und weinte. »Hexe, Hexe, Hexe ...«
An seinem Ohr zischte die bekannte Stimme, die er so lange nicht mehr gehört hatte. »Und Hexenmeister bist du. Bist darum längst verurteilt und verworfen. Und durch Hexerei bist du entkommen. Weißt du es noch?«
Verzweifelt weinend warf er sich aufs Gesicht und hämmerte auf den Erdboden ein. Er war ein Hexenmeister, ein Hexenmeister, und daher liebten ihn die Hexen.
Und die Stimme murmelte: »Ein Kind bist du ... Sie lieben dich und begehren dich wie Frauen. Und weil sie einen Mann aus dir gemacht hat, will sie dich verschlingen ... Und dein Pferd warst du selber im Liebeshunger und -durst, den sie in jenem Schloß leiden. Denn es gibt keine Männer im Schloß, seit Dona Urraca Witwe wurde, mit Ausnahme jener, die des Weges kamen und nicht die Gefahr spürten, wenn sie die Gastfreundschaft annahmen. Sie alle starben, genau wie du sie dein Pferd morden sahst. Keiner überlebte mehr als eine Nacht.«
Er stützte sich auf einen Ellenbogen und fragte: »Und ich, werde ich auch nur eine Nacht überleben?«
Nur die Stille antwortete ihm, und er selbst sagte:

»Nein, ich werde zwei Nächte und einen Tag überleben ... Ich bin ein Mann, wie es keinen zweiten gibt.«
Und nachdem er sich geschüttelt und sein Gesicht gereinigt hatte, ging er auf die Stelle zu, von der er weibliches Lachen und wohllautendes Stimmengewirr hörte. Ängstlich blieb er am Saum der Lichtung stehen. Doch alles war wie am Abend seiner Ankunft: weder Brandgeruch noch Frühlingsduft. Die Jungfrauen saßen alle am Wasserrand neben Dona Urraca. Ein sanftes Wiehern erscholl. Und das Gesicht wendend, sah er sein Pferd, das in der Nähe weidete, vor den anderen, und das aus Freude über sein Erscheinen Mähne und Schweif schüttelte.
Auch Hauben und Schleier wirbelten die Fülle, sobald er die Lichtung betrat, und Dona Urraca winkte ihm liebevoll entgegen.
Schon im Kreis der Jungfrauen, blieb er dicht vor ihr stehen. Und fragte mit finsterer Braue:
»Wo sind all die Männer?«
»Welche Männer?« erwiderte Dona Urraca, und unruhiges Flüstern durchlief den Kreis.
»Warum sind keine Männer im Schloß? Warum sind nur Frauen da? Wo sind die Männer?«
»Die Männer... Was für Männer? Was geht das dich an?«
»Ich will es wissen.«
»Es gibt nichts zu wissen.«
»Wieso gibt es nichts zu wissen? Wo sind die Männer, die im Schloß übernachteten und verschlungen wurden?«
Erstickte Schreie und Gerenne ließen ihn zu Eis erstarren. Doch sie, das Gesicht mit den Händen bedeckend, waren nur schreckensbleich zum äußersten Rand der Lichtung geflohen.
Dona Urraca erhob sich und nagelte ihn mit Blicken fest.
»Was denkst du von mir?«
»Nichts. Ich will es wissen.«
»Was wissen?«
»Alles. Ich will es wissen.«

Ihr Gesicht verzog sich in Falten, die er nicht einmal beim Streicheln, als er sie mit Händen und Augen kennenlernte, bemerkt hatte. Die ihrigen wurden von Tränen glasig. Sie senkte den Kopf.

»Willst du es wirklich wissen?«

»Das will ich.«

»Und wenn ...«

»Nein. Ich verspreche es ... Ah, mein Lieb!« Und er umarmte sie stürmisch, küßte sie und drückte ihre Wange gegen die seine. Sie erwiderte den Druck nicht und weinte weiter. Und er umarmte und küßte sie rasend, während ihr stilles Weinen im seufzenden Chor der Jungfrauen ertönte. So verharrten sie lange, bis Dona Urraca ihn sanft fortschob und, ihn anblikkend, sagte:

»Ich kann dir nichts verweigern. Es soll sein, wie du begehrst. Komm mit mir.«

Und im gestreckten Galopp stürmte sie dem Schloß entgegen, und er folgte ihr in großer Eile.

V

Nahe am Schloß, statt über die Hängebrücke einzureiten, bog Dona Urraca ab und umritt die Mauern. Hinter den Bauten, auf der Seite, die er nicht gesehen hatte, lag ein langer breiter Graben, an dessen Rand sie hielten. Gelbe, spitzknochige Hunde trieben sich darin herum und scharrten in Abfällen, Essensresten und Kehricht, aus dem zarter, süßlich riechender, atemberaubender Dunst aufstieg. Es war der Misthaufen des Schlosses, aber ein so großer, daß man das Schloß für einen gewaltigen Exerzierplatz gehalten hätte und nicht für die Wohnstätte, die es war.

Der Gestank betäubte und heftete sich an die Kleider, an Gesicht und Hände. So stark und klebrig, daß sein Pferd schnaubte und am Grabenrand aufgeregt mit den Hufen schlug.

»Hier sind sie«, sagte Dona Urraca mit erlöschender Stimme, die dem harten Blick widersprach, den sie über den Graben warf. »Es sind viele.«

Lange blickte er in den Graben hinunter, ohne zu begreifen oder begreifen zu wollen, und er kam erst zu sich, als, schon fern vom Gestank, der in seiner Nase und an allem haftete, sein Pferd fast auf gleicher Höhe dem von Dona Urraca folgte, die im Schritt zum Haupttor des Schlosses zurückkehrte. Sie durchritten das offenstehende Portal, und im verlassenen Hof, am Fuß der Schloßtreppe, saß Dona Urraca ab.

Auf dem Boden hob Dona Urraca die Augen zu ihm auf, der noch immer im Sattel saß.

»Komm. Ich will dir zuerst alles erzählen.«

Er saß ab, stieg in kurzem Abstand hinter ihr die Treppe hinauf und folgte ihr, wie vom Luftzug ihres über die Stufen schleppenden Kleides gezogen, in die Gemächer.

Dona Urraca lehnte sich in die große Fensternische, mit dem Rücken zu ihm, und begann zu sprechen. Doch was er in seinem Inneren hörte, war etwas anderes.

Ich war blutjung und ganz unschuldig, als mein Vater mich mit Gundisalvo verheiratete. Zu jener Zeit lebten wir nicht hier, sondern am kaiserlichen Hof oder in den Feldlagern Asiens, in seinem Dienst. Gundisalvo war viel älter als ich und war vor seiner Ehe mit mir dreimal Witwer gewesen. Es hieß, er habe die anderen Frauen ermordet, und meine Jungfrauen und meine Amme, alle hatten mich gewarnt. Voller Angst wagte ich mit meinem Vater zu sprechen. Ich sehe ihn noch schallend herauslachen und erwidern, Gundisalvo sei sein Waffenbruder, Jungfrauen und ledige alte Ammen verstünden nichts von Männern, auch nicht von dem, der verheiratete Frauen morden könne. Ich zitterte vor Angst. Und sagte ihm, wenn es so sei und ich weit von ihm fortgehen müsse, wolle ich nicht heiraten. Und sagte überdies, ich könne nicht begreifen, wie er mich mit einem so viel älteren Mann verheiraten könne, der Zeit gehabt hatte, drei Ehefrauen zu ermorden. Ob er wolle, daß jener auch mich

Ich war blutjung, träumte aber Tag und Nacht von den Männern, seit ich einmal meinen Vater nackt gesehen hatte. Als mein Vater mich wissen ließ, daß es ihm gefallen habe, mich mit Gundisalvo zu verheiraten, der sein Waffenbruder war und ihm in Haltung und Verhalten glich, träumte ich nur noch von Gundisalvo, und sein Schwert, das ihm am Gürtel hing, drang in mich ein und zerriß mein Inneres, da ich nicht zu träumen wagte, was mein Vater mit mir tun würde, und da ich gesehen hatte, was er mit einer Jungfrau, die schrie, tun wollte. Und als man mir sagte, seine drei Frauen seien gestorben, bekam ich große Angst, dachte aber, um wirklich Frau und dazu die meines Vaters zu sein, müsse man so sterben. Noch eine Angst ließ mich erzittern. Ich würde Gundisalvo angehören, der mich weit fortführen und töten würde, ohne daß mein Vater da wäre, um mich auf seinen Schoß zu setzen, was mein größtes Vergnügen war. Wenn drei Frauen Gundisalvo ermorde? Mein Vater lachte nicht mehr und setzte mich zärtlich auf seinen Schoß. Er streichelte mich und sagte, Gundisalvo sei nicht alt, wie auch er nicht alt sei, nur ich hielte sie für alt, weil Jungfrauen die Eltern immer alt finden. Und daß er dessen drei Frauen gekannt habe: eine sei im Kindbett gestorben (und ich schwor mir, keine Kinder zu bekommen), die zweite hatte einen Pagen entjungfert, worauf er beide töten ließ, wobei ihr der Kopf abgehackt wurde und ihm alles, auch der Kopf (und ich schwor mir, nie Pagen in Dienst zu nehmen), und die dritte starb an einer Krankheit in ihrem Innern, weil sie nicht ganz in Ordnung war und nicht für Gundisalvo taugte – (und ich schwor mir, wäre ich für meinen Vater ganz in Ordnung, so wäre ich es auch für Gundisalvo). Sobald wir heirateten, sah ich, daß Gundisalvo ganz anders war, als mein Vater dachte, und weinte bittere Tränen. Wie konnte ich mich meinem Vater eröffnen und zu ihm fliehen, wenn mein Gatte die *nicht überlebt hatten, so wohl deshalb, weil er kein Waffenbruder ihrer Väter gewesen war. Aber mein Vater erzählte mir, woran sie gestorben waren. Eine im Kindbett (und ich schwor mir, ich würde nur Kinder haben wollen, die nicht von Gundisalvo wären), eine wegen Ehebruch mit einem noch jungfräulichen Pagen (und da ich wie die anderen wohlgeborenen jungen Mädchen den Pagen befahl, sich zu zeigen, und fand, sie seien nicht so wie mein Vater, schwor ich mir, nur reife Männer in meinen Diensten zu dulden, um zu sehen, ob sie ihm und Gundisalvo ähnlich wären oder nicht), und die dritte, weil sie nicht für Gundisalvo taugte (und wenn ich nicht taugte, würde ich zufrieden sterben, wie ich zu sterben hoffte). Sobald wir heirateten, führte Gundisalvo mich noch am Hochzeitstag an der Spitze seiner Ritter weit fort, um eine entlegene Gemarkung in Besitz zu nehmen, deren Oberhoheit er beantragt hatte. Und im Feldlager der ersten Nacht sah ich, daß er und seine Ritter ganz anders wa-*

Regierung über eine entlegene Gemarkung angenommen hatte und mein Vater bald darauf in einer Schlacht gegen die Araber fiel? Ich konnte nicht verstehen, wie die beiden Frauen, die er nicht getötet hatte, auf die berichtete Weise gestorben waren. Daß aber die dritte ihm untreu gewesen wäre und mit einem Pagen getan hätte, was er mit mir nicht tat und fraglos auch mit ihr nicht getan hatte, das begriff ich. Gundisalvo ließ mich zeitweise lange allein, und wenn er zurückkehrte, war er wie ein zärtlicher Vater zu mir. Wie viele Nächte, in seine Arme geschmiegt, denn so sollte ich bei ihm schlafen, versuchte ich, daß er nicht das wäre, sondern mein von der Heiligen Mutter Kirche gesegneter Ehemann, auf den ich ein Anrecht und den mein Vater mir angetraut hatte. Bis ich ihn eines Tages, da er allzu zärtlich mit mir umging, fragte, wie er mit den anderen Ehefrauen umgegangen sei und ob er auch, so wie ich es nicht wollte, keine Kinder haben wollte. Und er antwortete mir, da mein Vater tot sei, sei *ren, als ich mir vorgestellt hatte, wie Männer sein könnten. Sie waren wie zwei Pagen, die ich einmal überrascht hatte. Und Gundisalvo mitten unter ihnen und mit ihnen, die lachten, und er rief mir zu, mein Vater sei sein Bruder, ja, und darum habe er mich behalten, bis ich das Heiratsalter erreicht hätte. Und er würde ein Vater für mich sein. Und alle lachten schallend, hüpften herum, schürzten ihre Wämser und entblößten sich vor mir. Je lauter ich schrie und die Augen mit den Händen bedeckte, desto rasender gebärdeten sie sich, und nun rief Gundisalvo einen und befahl ihm, mich zu entjungfern, und sie packten mich, und er entjungferte mich mit einem Schwertknauf. Keiner der Männer, die ich kennenlernte, ließ mich jene Nacht vergessen, ausgenommen du. Wenn Gundisalvo Monate um Monate zum Kampf auszog, ließ er mich im Schloß zurück, einem schwarzen, finsteren Schloß, verloren im Nebel eines düsteren Sumpflandes, im Schutz einiger Frauen, die wie Männer gekleidet waren und* für ihn alles gestorben und daß er mich als Tochter behalten wolle. Doch wenn ich so nicht glücklich sei, würde er fortgehen auf Nimmerwiedersehen, und ich wäre frei, nach meinem Belieben zu leben und mir den Mann zu suchen, der er für mich nicht war. Ich blieb stumm, mit trockenen Tränen, und in derselben Nacht ging er für immer fort. Ich blieb allein in meinem Zimmer, wohl wissend, daß er nicht zurückkehren würde, und verzweifelte. Ich rief einen seiner Schildknappen, einen liebenswürdigen jungen Mann, und hieß ihn mich in Besitz nehmen. Er hatte große Angst, machte mich aber zur Frau. Dann, wann immer er im Schloß war, richtete ich es so ein, daß er zu mir kommen konnte. Und Angst und Achtung vor Gundisalvo verdoppelten unsere Lust.

miteinander schliefen und mich zwangen, mit ihnen zu schlafen. Wenn Gundisalvo von seinen Kriegszügen heimkehrte, schlief er bei mir, und stets schlief mit uns einer seiner Ritter, bisweilen mehr als einer, jede Nacht. Doch keiner von ihnen, und es waren bildschöne Männer, schlief jemals neben mir. Einer von ihnen jedoch schien zu zögern, als er mir auf dem Schloßgang begegnete, und ich drehte mich um und packte ihn und zerrte ihn in meine Kemenate und machte aus ihm den Mann, der er nicht war, um den Mann zu bekommen, den ich nicht bekommen hatte. Danach und immer, wenn er mit uns ruhte, warteten wir, bis Gundisalvo schlief ... Und das machte aus ihm, den ich gewählt hatte, einen glühenden Liebhaber.

Er wartete darauf, daß sie fortführe, denn sie verstummte in der Dämmerung, die in den Raum einfiel. Doch sie, ihm noch immer den Rücken zuwendend, sprach nicht weiter. Er erhob sich von der Fußbank, auf die er beim Zuhören gesunken war, und trat hinter sie, um sie zu umarmen. Sie lehnte sich an ihn und ließ ihren Kopf rückwärts auf seiner Schulter ruhen. Erst dann fuhr sie mit geschlossenen Augen fort, ohne daß er mehr als ihre Stimme hörte:

»Gundisalvo zog mit seinen Waffengefährten ab, und ich wußte, daß er nicht wiederkehren würde. Doch der Schildknappe stellte Forderungen an mich, wollte, daß ich ihn bezahle, drohte, zu seinem Herrn zu fliehen und ihm zu erzählen, daß ich ihn verführt hätte. Ich mußte ihn eigenhändig unter dem Vorwand töten, er habe mich in meiner Kammer überfallen. Ich reiste von Schloß zu Schloß, von Stadt zu Stadt, durch Wälder und über Berge, segelte auf Flüssen, ohne einem Mann einen Blick zuzuwerfen, bis ich zu diesem Schloß gelangte, das mir gehörte und weitab von allem lag. In Wirklichkeit gehörte es Gundisalvo. Und ich wollte das tilgen, was mich an meine Vergangenheit erinnerte. So ließ ich große Umbauten am Schloß vornehmen, und hier erhielt ich die Nachricht vom Tode meines Gatten und die Reichtümer, die auf seinen Befehl und sein Testament hin aus Konstantinopel, wo er im Dienst des Kaisers, der ihn hochschätzte, gefallen war, übersandt wurden und die er mir vermachte. Diese Reichtümer erlaubten mir, ein Haus nach meinem Geschmack zu führen. Nur blutjunge Mädchen sollten mich bedienen, kein einziger Mann. Und jene, die hier haltmachten, sollten mit mir und den Jungfrauen, sofern sie es wünschten, schlafen, bis sie erschöpft starben. Doch nach und nach begann sich Argwohn gegen das Schloß zu verbreiten, und es ging das Gerücht, es sei ein Schloß, in dem nur Frauen wohnten in Erwartung von Männern, um sie zu verschlingen. Ich weiß nicht, wie die Kunde nach auswärts drang. Die reisenden Obdachsuchenden wurden immer seltener. Und ich wartete noch immer darauf, daß einer von Leib und Seele Jungfrau sei, wie die Fahrenden es nie sind. Nur er würde mir das Leben wiederschenken, das ich verloren, noch bevor ich es gewonnen hatte. Bei ihnen lernte ich, daß man nur über die Maßen glücklich ist, wenn man den Geliebten über die Maßen glücklich macht. Und ich liebte nicht, konnte auch nicht einen von ihnen lieben. Aber du warst anders, und

auf dich wartete ich. Als meine Jungfrauen dich sahen, fühlten sie, wie sie mir sagten, in dir einen Mann, dessen Anblick allein sie schon glücklich machte. Und das war es, was dich rettete und mich rettete. Denn im Verlauf der Zeit verfiel ich. In letzter Zeit wollte ich selbst die Männer nicht mehr, die sie in Bann zogen. Ich lag im Bett und starb ganz allmählich. Und ich wollte nur noch sterben, und starb gleichsam schneller, weil ich sie in der Gesellschaft der Besucher hörte, ohne einen von ihnen zu begehren. Sie fürchteten meinen Tod und beriefen die Physici und den Kaplan an mein Bett. Nicht diese, sondern andere. Physici ohne Zahl, die hierherkamen und aufgaben, Kapläne, die mir die Beichte abnahmen und mir nicht glaubten. Nichts von alledem ist glaubhaft, ich weiß. Doch du, dessen Macht unbegrenzt ist, du mußt mir glauben, da du mich jetzt kennengelernt hast, da du dich jetzt selbst als Mann erkannt hast, der du bist; dessen bin ich sicher!«
In der anhaltenden Stille stellte er eine Frage: »Wo sind die Physici? Und der Kaplan?«
Sie erzitterte: »Wo?«
»Denn seit der Nacht deines Bades habe ich sie nicht mehr gesehen, als ich die drei im Becken überraschte und sie über die Küchentreppe entwichen.«
»Haben sie in meinem Bad gebadet?«
»Das haben sie getan.«
»Fraglos, um ihr Alter in deinem keuschen Blut zu verjüngen.« Und sie lachte ein helles Lachen, indem sie sich ihm zuwendete, um ihn zu küssen.
Doch er hielt sie fest: »Wohin sind sie wohl gegangen? Ob sie beim Erzbischof Klage geführt haben? Ob sie alles erzählt haben?«
»Wenn sie sich verjüngt haben und ihre Manneskraft wiedererlangt haben wie in ihrer Jugend, wozu sollten sie das tun? Sie werden sich irgendwo im Schloß herumtreiben.«
»Und wenn das nicht geschehen ist?«
»Wie sollte das nicht geschehen sein? Was anderes könnte ih-

nen in einem Bad widerfahren, das mir deine Liebe geschenkt hat?«
»Daß sie ausgedörrt und dürr geworden wären, noch ausgedörrter und dürrer, als sie schon waren.«
Im Gefühl der Erleichterung, das sie zu dem sorglosen kleinen Mädchen machte, das sie nach ihrem langen Geständnis geworden war, gingen erst jetzt seine Befürchtungen auf sie über.
Sie rief. Und beide, dazu die Jungfrauen, durcheilten das Schloß von oben bis unten, von Brücke zu Brücke, sogar die unterirdischen Verliese und die Taubenschläge der Türme, ohne Ergebnis.

. . . .

Die Nacht war unruhig. Die Jungfrauen fanden keine Ruhe und durchsuchten weiterhin das Schloß. Und er und Dona Urraca, Seite an Seite im Bett, fanden nicht einmal in der Liebe, die sie beseligte und der sie sich unablässig überließen, Frieden und Rast, um nach der augenblicklichen Befriedigung einer im Arm des anderen einzuschlafen.
Gegen Morgen stürmte eine Horde von Jungfrauen weinend ins Schlafgemach und forderte, er möge sie kraft seiner Macht erretten. Im Bett sitzend und seine Nacktheit mit dem Leintuch bedeckend, blickte er bald Dona Urraca, die liegen geblieben war, bald die Jungfrauen an. Seltsamerweise wurde seine Verwunderung von den Brüsten der Führerin der drei Führerinnen abgelenkt, die in ihrer Aufregung aus dem Kleid zu springen schienen und straffer waren als je die von Dona Urraca.
Doch was konnte er tun? Angesichts dieser Brüste vermochte er keinen klaren Gedanken zu fassen. Ungenau hörte er das Stimmengewirr, als er die Hand gegen eine von ihnen ausstreckte, die Brust aus dem Kleid zog und sie drückte.
Das war wie ein erwartetes Zeichen. Die Jungfrau sprang auf ihn, der gerade noch Zeit fand, die Kappe aufzusetzen, um sich unsichtbar zu machen. Doch umringt wie er war, nutzte ihm

das nichts, denn einige von ihnen packten ihn sogar in seiner Unsichtbarkeit, während andere sich hintereinander auf ihn warfen. Und sicherlich wäre er gestorben oder in Stücke zerrissen worden, wäre es ihm nicht gelungen, die Hände zur Kappe zu heben und sich dazu aufzuraffen, sie alle zu befriedigen.
Als das endete, glich der Raum einem Friedhof, in dem die Jungfrauen auf dem Bett oder auf dem Fußboden lagen, die einen über den anderen, in einem Gewirr von Beinen und Armen, Brüsten und Köpfen, in unzüchtiger Unordnung, und seelenruhig entschlummert waren.
Erst jetzt sah er, daß Dona Urraca neben dem Bett stand, wo sie die ganze Zeit verharrt hatte. Verängstigt und ohne die Kappe abzunehmen, hob er den Blick. Ihr stilles, lächelndes Antlitz musterte ihn, als sähe sie ihn; und mit sanfter und liebevoller Stimme murmelte Dona Urraca:
»Du brauchst nicht weiter unsichtbar zu bleiben ...«
Er zog die Kappe nicht ab und blieb stumm.
»Du kannst dich zeigen ... Steh nicht da wie ein kleiner Junge, der eine Unart begangen hat und sicher weiß, daß seine Mutter ihn verprügeln wird, sobald er aus dem Versteck kriecht.«
Doch er nahm sie nicht ab und stand langsam auf, glitt aus dem Bett, bis er neben ihr stand, und stieß sie plötzlich aufs Bett. Dona Urraca lachte. Und nun begann eine Spielerei, die erst endete, als die Jungfrauen sie dicht umringten, Beifall klatschend, und sangen:

Dona Urraca hat einen Physicus,
der jedes Leiden heilt.
Wenn Dona Urraca stöhnt,
ins Bett er zu ihr eilt.

Die Dame Urraca ist gut
zu den Jungfrauen, die ihr dienen.
Wenn auch sie erkranken,
eilt Physicus zu ihnen.

Dona Urraca hat einen Physicus,
der jedes Leiden heilt.
Wenn Dona Urraca stöhnt,
ins Bett er zu ihr eilt.

Er setzt seine Kappe auf,
und man sieht ihn weder nackt noch stark.
Verschreibt er indes eine Arznei,
schmeckt sie wie rohes Mark.

Dona Urraca hat einen Physicus,
der jedes Leiden heilt.
Wenn Dona Urraca stöhnt,
ins Bett er zu ihr eilt.

Wundertätiger Physicus,
der Wohltaten verteilt.
Doch Krankheiten von Jungfrauen
er wie keiner heilt.

Donna Urraca hat einen Physicus,
der jedes Leiden heilt.
Wenn Dona Urraca stöhnt,
ins Bett er zu ihr eilt.

Von Schmerzen Schlechtverheirateter
kann Urraca ein Liedchen singen.
Doch bevor sie hier erscheint,
wird unser Lied verklingen.

Dona Urraca hat einen Physicus ...

Aber Dona Urraca stand auf, ordnete ihr Kleid, hieß sie mit einer Gebärde verstummen. Und sagte:
»Jetzt bin ich stolz darauf, daß alle aus Erfahrung mein Glück

kennen. Und weil er die Kühnheit und den Mut besaß, es als ein wahrhaft freier Mann auch euch kennenlernen zu lassen, liebe ich ihn noch inniger, falls dies möglich ist. Ich wollte ihn nicht für mich, für mich allein, bevor nicht alle meine Fortüne kennen, den Mann, der mich errettet hat. Doch nachdem ihr ihn kennengelernt habt, so wie ich ihn kennengelernt habe, und mit euren eigenen Augen sehen konntet, wie glücklich ich bin, selbst wenn seine leibliche Gestalt verborgen bleibt, soll es genug sein.«

Noch immer unsichtbar, auf einen Ellbogen gestützt, wohnte er dem Auftritt belustigt bei. Und die erste Jungfrau sagte:

»Er soll die Toten wieder zum Leben erwecken, und sie sollen uns lieben, wie er dich liebt, Herrin.«

»Das nicht.« Und er sprach so heftig, daß er plötzlich sichtbar wurde.

Alle forderten mit dröhnendem Geschrei ein Ja.

Und Dona Urraca gab zu bedenken: »Wenn die Physici und der Kaplan flohen, um uns zu beschuldigen, ist es besser, sie wiederzuerwecken. Dann werden wir jedenfalls ein Heer zur Verfügung haben, das uns verteidigt.«

»Ein Heer?« fragte er.

Nun berieten sich die Jungfrauen (?) mit Dona Urraca, und alle zählten an den Fingern. Der Ritter aus Armenien war der erste gewesen. Der Herr von La Marche. Der Troubadour Pêro von Cornwall. Der andere Troubadour mit Namen Tebaldo. Die beiden Brüder aus Frankreich. Der Fürst Turidante. Afonso Gonçalves aus den beiden Asturien. Nepolemo aus Tripolis. Jener, der sich als Herzog von der Bretagne ausgab. Der Graf von Béarn. Der Ritter Estêvão von Giscar. Der Paduanische Händler. Die von Karl von Lothringen befehligte Diebesbande. Karl von Lothringen in Person. Der Herr von Trebizonda ... Die Aufzählung und das Ausscheiden der Wiederholungen dauerte Stunden. Da waren noch die Diener, die Schildknappen, die Pagen, die Musikanten, die fahrenden Gaukler im Gefolge all dieser Persönlichkeiten. Dona Urraca

rekapitulierte sorgfältig, und sich nach ihm umdrehend, sagte sie: »Ein Heer. Es sind über fünfhundert.«
Er setzte sich aufs Bett und umschlang die eigenen Knie. »Aber sind das nicht zu viele? Wo werden wir all die Menschen unterbringen? Und wer soll sie befehligen? Wer wird Ordnung in dieses Menschenbabel bringen?«
Dona Urraca berührte anmutig seine Kappe: »Dies ...«
»Und wenn meine Kappe sich verbraucht? Denn schließlich habe ich nie so vieles und so Großes in so kurzer Zeit vollbracht.«
Argwohn und Befürchtungen durchliefen die Versammlung. Und er wanderte vor ihnen auf und ab und dachte sichtbar über das zu Tuende nach. Ja, das war es. Und er gab seine Anweisungen.
»Eine jede von ihnen wird von meinem Aderlaß ein paar Tropfen Blut saugen. Schon ist es kein keusches jungfräuliches Blut mehr, doch wir brauchen es nicht mehr, um irgendwem Gesundheit zu schenken, sondern um dadurch eine Lumpenbande von Wiederauferstandenen mit gehorsamer Liebe an uns zu fesseln. Dann werdet ihr über den Graben schreiten und das Blut hineinspucken. Ich glaube, einer jeden werden die gehören, die unterhalb der Stelle liegen, auf die das gespuckte Blut fällt. Dann werde ich mit meiner Kappe am Grabenrand stehen, den Befehl erteilen und sagen:
»O Ritter, erhebt euch und freut euch und singt Lobeshymnen auf euren Befreier.«
Und so geschah es. Und der Graben siedete wie ein Hexenkessel, der die gelben Hunde verjagte, und Hände tauchten aus ihm auf, verkrallt, und erdbedeckte Köpfe, und Schultern mit gereckten Armen, und Rümpfe. Und schon standen einige fast draußen, während weitere Hände im lärmenden Aufruhr aus dem Sumpf tauchten. Dona Urraca stand neben ihm, und die Jungfrauen (?) sperrten alle Münder und Augen auf. Nur er schien nichts zu sehen, seine Augen blickten aufwärts und seine Arme deuteten zum Graben.

Und die Menschenmenge in der Grabentiefe, dessen Boden immer tiefer sank, schrie:
»Wo ist die rechte Hand dessen, der so ruft? Und wo die glückseligen Gaben? Komm rasch und gib uns die Gaben, die wir in anderen Zeiten verloren haben.«
Und sie hoben die blinden, betörten Augen in die Helligkeit, ohne ihn stolz und hoch aufgereckt zu sehen.
»Hier habt ihr die Gaben, die der Mensch am meisten in Frieden zu genießen wünscht. Ein jeder möge seiner Dame folgen und ihr in allem gehorchen, und von ihr wird er wieder die Belohnungen empfangen, die er in anderen Zeiten verloren hat.«
Im Getümmel kletterten die Männer heraus und rannten hinter den Jungfrauen drein, die vor solchem Ansturm zurückgewichen waren. Und rennend und schreiend lockten diese alle hinter sich zum Schloß.
Noch immer regungslos und versunken stand er am Grabenrand, der nun seltsame Düfte verströmte. Und er erwachte erst, als Dona Urraca auf Knien seine Beine umschlang und weinend sagte:
»Du bist ein Gott, du bist ein Gott, du bist ein Gott.«
Er beugte sich herab, um sie hochzuheben, und wie ein Blitz leuchtete eine Frage in seinem Geist auf: Wirklich?

VI

Festlich verstrichen die Tage im Schloß. Spiele wurden veranstaltet, Bankette, Spaziergänge, Jagdausflüge – mit den Hunderten von Männern, die ihre Herkunft vergessen hatten und, nunmehr gleichgestellt in den gleichen Vergnügungen und dem gleichen Gehorsam, sich, ohne miteinander zu wetteifern, ihrer Damen erfreuten, und sicherlich kamen zehn Männer auf jede einzelne. All dem stand er, verehrt wie ein Gott, mit Dona Urraca vor. Und die Menge der Männer und Frauen wurde nicht müde, ihn in ihren Armen erscheinen und wieder erscheinen zu sehen und ihm mit begeisterten Hochrufen zu huldigen.

Dann aber begann er in seinem Innern eine Ängstlichkeit zu spüren, die ihn regungslos ans Fenster der Gemächer bannte, nicht wissend, ob die verspürte Kälte in ihm steckte oder der nahende Winter war. So stand er denn und sah den Himmel, je nach den ziehenden Wolken, dem Stand der Sonne oder ihrem Untergang, die Farbe wechseln. Das Blau, das Orange, das Grün, das Rosenrot, das Weiß, die Grautöne und die Schattierungen, in denen sie sich vermengten oder in einander ablösenden Schrägstreifen auf- und untertauchten, und an alles waren seine Augen gefesselt, bis sie schmerzten, während die immergleiche Kälte ihn nicht losließ. Auch den jetzt häufigen Regen sah er in Katarakten stürzen oder in dicken Schnüren oder in regelmäßigen Tropfen oder in feinsten, in der Luft tanzenden Sonnenstäubchen fallen.

Nur Dona Urraca, die sich schweigsam neben ihn stellte und darauf wartete, daß er aus seiner Schwermut erwache, entzog ihn seinen Betrachtungen. Dann warf er sich in ihre Arme und besaß sie in plötzlichem, schmerzlichem Begehren, aus dem er nur noch trauriger auftauchte. Und in den Nächten, seien sie dunkel, lägen sie in eiskaltem Mondschein oder unter sternenfunkelndem, pechschwarzem Himmel, stand er wieder und

wieder da und blickte in namenloser Traurigkeit in den Weltenraum.
Auch nachts wartete Dona Urraca darauf, daß eine zerstreute Bewegung ihn in ihre Arme trieb. Und gleiche Leidenschaft vereinigte sie, ohne daß die Schwermut von ihm wich.
Dona Urraca sagte kein Wort zu ihm und führte an seiner Seite das festliche Schloßleben, wenn er daran teilnahm – und wenn er daran teilnahm, tat er es wie ein entfesselter Wahnsinniger, dem die anderen, hingerissen von seiner Erregung, es nachtaten –, und sagte nichts zu ihm, wenn er sich entfernte und in die Gemächer hinaufstieg, um sich, ins Leere starrend, zur Ruhe zu legen.
Eines Tages, an dem sie vielleicht länger auf eine Regung von seiner Seite wartete, hörte Dona Urraca ihn ein leises Selbstgespräch führen, etwas, was er nie getan hatte. Sie spitzte die Ohren, und er verstummte.
Am nächsten Tag, zur gleichen Stunde und am gleichen Ort, sagte er, als sie sich ihm näherte, ohne sich umzudrehen:
»Weißt du? Ich ...«
»Du kannst gehen, wenn du willst. Erinnerst du dich an das, was ich dir gesagt habe? Meine Liebe ist zu groß, als daß ich dich festhalten wollte. Geh. Du weißt sehr wohl, daß ich auf dich warten werde.«
»Nein, das ist es nicht. Du hast mir auch gesagt, ich sei ein Gott. Und ich fühle, daß ich es bin. Oder fühle, daß ich es werde. Und das ist etwas Unerträgliches.«
Sie wich zurück, riß die Augen auf, hob die Hände zum Gesicht, sagte aber nichts. Er fuhr fort:
»Es ist unerträglich. Es ist, als stünde ich am Rand eines Abgrundes und fühlte Schwindel, und je weiter man sich über den Rand beugt, desto größere Angst bekommt man zu fallen, zu fallen, nicht auf dem Grund zu landen und ans Ende zu gelangen, weil der Abgrund keinen Grund hat. Und wenn man so fällt, wünscht man, es gäbe einen. Der Himmel besteht aus vielen Himmeln bis hin zum letzten. Die Erde aus vielen Schich-

ten, bis zum Ende. Das Meer, viel Wasser, bis wieder eine andere Erde kommt. Das Leben – alles, was ich gehabt habe und was du mir gegeben hast. Die Macht, ja, wenn ich will, kann ich alle Macht der Welt bekommen. Aber all das hat ein Ende, kann irgendein Ende haben. Nur dieser Abgrund hat keines. Und jeden Tag fühle ich mich schlechter, oder ich fühle mich besser, ich weiß es nicht.«

Er wandte sich ihr zu und sah, wie traurig er sie gestimmt hatte. Er umarmte sie zärtlich. Und Dona Urraca sagte:

»Und ich weiß nicht, wie ich deiner wert sein kann, mein Lieb. Gleich ob es dir schlechter- oder bessergeht, bin ich nichts mehr für dich, und nichts hat noch einen Wert für dich. Warum ziehst du nicht in die Welt? Willst du, daß ich dich begleite?«

»Aber ich will nicht fortgehen, nicht einmal fortgehen will ich.«

»Was willst du dann?«

»Ich will sterben.«

Dona Urraca unterdrückte einen Schrei und wich zurück.

»Sag das nicht, sag so was nicht, denn dein Wille mag sich erfüllen.«

»Möge er sich erfüllen.«

Dona Urraca packte ihn an den Schultern, und ihre Fingernägel gruben sich in sein Fleisch: »Nein. Wenn du kein Gott sein willst, wozu mußt du dann sterben? Es soll dir doch genügen, daß du wieder ein Mann wirst, jener, der du warst, jungfräulich und rein, bevor du mich kennengelernt hast. Und daß nichts so sei, wie es gewesen ist. Bitte darum, zu dem Augenblick zurückzukehren, als meine Jungfrauen dich noch nicht gesehen hatten. Und daß sie dich nicht finden. Nein, bitte nicht. Befiehl. Befiehl. Ich will, daß du befiehlst.«

Er musterte sie lange und sah in ihrem stahlharten Blick den Schmerz, ihn nicht gekannt zu haben, und die große Liebe, die ihn am Leben erhalten wollte. Und so schloß er die Augen und äußerte die Bitte.

Er legte die Kappe sorgsam neben sich, und dann trank er beruhigt und in langen Zügen. Das Wasser war sehr kalt, viel kälter, als es dort im Tal zur Hochsommerszeit zu erwarten war, und jagte einen Schauder über seinen Körper. Aber es war so klar, daß er ein rasches Bad nehmen würde, nur um sich zu erfrischen und zu waschen. Jetzt saß er auf dem Erdboden und zog langsam die Stiefel aus. Das Pferd hatte sich entfernt und suchte da und dort ein besonders würziges Grasbüschel. Barfuß rieb er bedächtig die Füße aneinander und ließ mit kindlicher Gebärde die Zehen spielen, als wolle er sie zählen. Dann stand er auf, löste den breiten goldbeschlagenen Gürtel und legte ihn neben Stiefel und Kappe. Die lange Tunika hing lose herab, Er bückte sich, faßte ihren Saum und zog sie über den Kopf. Sein langes, blondes, schweißverklebtes Haar fiel in weicher Unordnung herab, und er strich es mit seinen Fingern glatt. Und wiederum blickte er umher, bevor er die Kordel seiner kurzen Unterhose löste. Keine Menschenseele war zu sehen. Nun war er ganz nackt. Doch bevor er ins Wasser trat, betastete er sich wie jemand, der sich herausfordernd zur Schau stellt. Er hörte ein leises, spöttisches Lachen. Er hob die Brauen mit einem Ausdruck nie empfundener Erwartung, ging schneller ins dünne Gras zurück und legte sich schmachtend auf dem Boden nieder. Lange Liebkosungen, die leicht über seine Haut liefen, hingehauchte Küsse, die ihn über den ganzen Körper hin bissen, Hände, die hartnäckig forderten, Hartes, das sich an ihn drückte ... Mit einem sehnsüchtigen Seufzer umarmte er den Raum, drehte sich um und wälzte sich, ergab sich dem Teufel, der mit ihm machte, was er wollte, und mit dem er machte, wonach ihn verlangte; und er bäumte sich auf, unersättlich angesichts der Lüste, die er nie verspürt hatte. Als es zu Ende war, erhob er sich, schüttelte sich, fuhr mit den Händen über seinen schmutzigen Körper und empfand Wollust, so schmutzig zu sein. Er streifte das Wams über, blickte gleichgültig zum Fluß und kehrte zu seinem Pferd zurück. Mit einem Satz sprang er auf und trabte flußabwärts. An einer Biegung des Flusses hinter einer Anhöhe tauchte ein Schloß aus schneeweißem Stein auf. Was war das wohl für ein Schloß? Doch das Schloß war noch weit weg und das Pferd müde, und es dunkelte schon, als er zur Zugbrücke gelangte, die er herabgelassen vorfand. Die Hufe dröhnten auf dem Plankensteg. Er ritt durchs Tor. Im Hof, den er undeutlich wiedererkannte, fraglos von anderen, ähnlichen Schlössern, war niemand zu sehen. Er saß ab und band das Pferd an einen Ring am Fuß der großen Freitreppe fest. Langsam stieg er hinauf in Erwartung, daß jemand sich zeige. Aber auch der Waffensaal war leer. Seine Stiefel hallten wider, als er, von der hinteren Tür angezogen, diesen durchschritt. Er stieß die Tür auf. Es war ein düsterer Saal mit einem riesigen Bett. Er ging weiter, bis ein Körper undeutlich darauf sichtbar wurde. Doch nur das Gesicht mit geschlossenen Augen und den auf den weißen Kissen ausgebreiteten schwarzen Haaren stach hervor, wie ein abgetrenntes Haupt, ausgezehrt und blutleer, als sei es am Kopfende jenes unmäßigen Betts vergessen worden. Er beugte sich über das Haupt und betrachtete die langen Wimpern, den Bogen der Brauen, die kleine spitze Nase, den Mund mit bleichen dicken Lippen, das sehr runde Kinn, die farblosen, eingefallenen Wangen und die tiefen Ränder unter den Augen. Er beugte sich noch tiefer, die Augen des Kopfes öffneten sich und ...

. . . .

ihr Blick steinhart, so hart wie die Fingernägel, die er auf seinen Schultern fühlte, musterte ihn noch mit dem Schmerz, ihn nie gekannt zu haben, und der großen Liebe, die ihn am Leben erhalten wollte, auch wenn sie ihn nie gekannt hatte.

Er machte sich von ihr los und setzte sich schluchzend auf den Fußboden: »Wozu? Wozu? Der Augenblick, zu dem man zurückkehrt, nimmt nie ein gutes Ende ... Nie ... Ich bin schmutzig, schmutzig, ich gehöre dir nicht mehr.«

Dona Urraca beugte sich nieder und streichelte ihn, wie man ein Kind tröstet, und sagte:

»Es gibt nichts, wovon meine Liebe dich nicht reinwaschen könnte.«

Er schüttelte sie wie ein gekränktes Kind:

»Nein, soviel vermagst du nicht.«

»Wieso vermag ich das nicht? Meinst du etwa, ich wüßte nicht, was dir widerfahren ist?«

Entsetzt blickte er sie an, mit einem Entsetzen, das ihn aufspringen ließ.

»Du weißt also von *ihm*?«

»Wie sollte ich das nicht wissen? War er nicht immer mit uns in diesem Bett, sobald du dich auszogst, und lag auf deiner anderen Seite? Wünschtest du, ich solle dich lieben, wie ich dich liebe, und seine Nähe nicht wie einen unglücklichen Nebenbuhler spüren? Selbst jetzt ist er hier. Aber er wagt sich nicht hervor. Von dem Augenblick an, in dem du, ohne es zu wissen, mich aufgesucht hast, bekam er nicht mehr, als er schon bekommen hatte. Nicht meinetwegen, auch nicht wegen deiner Macht. Sondern weil du in meinen Armen zur Liebe wurdest, die er nicht kennt, zur Lust, die er nicht hat, und zu dieser fröhlichen Raserei, die es ohne Liebe selbst in all den Lastern nicht gibt, die er zu bieten vermag.«

Sie hielten sich in den Armen. Und sie sagte ihm noch:

»Weißt du was? Ich habe Mitleid mit ihm gehabt. Und so weiß er jetzt auch, wie glücklich du mich machst. Er wird dich nicht verlieren wollen, so wie du bist, dieses Wunder, diese Wonne, die mir mein Leben vergoldet, als besäße das Leben die Farbe deiner Haare. Und ... ja ... sofern nötig, muß er dich beschützen, statt deine schwachen Stunden auszunützen.«

Ganz leise murmelte er ihr die Frage ins Ohr: »Und woher weißt und bedenkst du all das? Nur weil du mich liebst? Oder weil du er selbst bist?«

Und ihre Stimme antwortete wie eine zögernde Frage: »Willst du noch immer sterben?«

Sie fanden nicht die Zeit, einander die Antworten zu geben, denn schon hörten beide Lärm, Getümmel, Waffenklirren, nä-

herkommendes Stimmengewirr, und die Tür flog weit auf und spie ein Gewühl von Beinen und Lanzen aus, darunter eine Tragbahre, von welcher der Kaplan auf den Steinboden rollte und in spitzestem Falsett schrie:
»Sie sind es. Nehmt sie gefangen! Laßt nicht zu, daß er seine Kappe aufsetzt!«

VII

Der Prozeß dauerte Jahre – durch die Verhöre der Hauptangeklagten, der Nebenangeklagten, der Mitverschworenen, der Behexten und somit nur mittelbar Verantwortlichen, der Zeugen, der unter Eid Aussagenden, der Sachverständigen, der Theologen. Sodann durch die Kreuzverhöre der Hauptangeklagten, der Nebenangeklagten, der Mitverschworenen, der Behexten und somit nur mittelbar Verantwortlichen, der Zeugen, der unter Eid Aussagenden, der Sachverständigen, der Theologen (einschließlich der Berichte über die Untersuchung der Eingeweide aller im Schloß aufgefundenen Tiere). Anschließend, weil diese beiden Phasen für die Ermittlung der Tatbestände und der Verantwortlichkeiten bestimmt waren, sowie für die notwendige Trennung aller Belasteten nach Kategorien, die unterschiedlich abgeurteilt werden sollten, begann der Prozeß von neuem – um das Schuldmaß eines jeden und die verhältnismäßige Bedeutung der Geständnisse, die Zeugenaussagen, der Erklärungen, der Sachverständigengutachten, der theologisch und kanonisch verwertbaren Standpunkte genauestens festzulegen. Zu diesem Zeitpunkt des Prozesses entdeckte das Inquisitionsgericht rein zufällig, daß das, was ein schlichter Fall von Hexenkunst und Teufelspakt zu sein schien, der zwar Massenverteufelungen einschloß, aber auf zufällige Berührung mit der Welt beschränkt war, in Wahrheit als ungeheuerliche Verschwörung des Teufels gegen die bestehende Ordnung anzusehen war, die Morde einschloß, Vampirismus, Sodomie, die ganze Stufenleiter von Sünden wider die Natur, sowie ein gewaltiges Netz umstürzlerischer Propaganda, darunter Verbrechen wie Quacksalberei, Totenerweckung und die Umkehr des Zeitablaufs. Der Prozeß begann von neuem – nach den auf die Fälle von Hochverrat, Atheismus, Gotteslästerung, Aufruhr, Aufstachelung zur Unordnung, zur Ketzerei anwendbaren Normen. Dann wurde er unterbrochen. Es stellte sich nämlich als notwendig heraus, die Lebensläufe und Handlungen zahlreicher Toter und Verschwundener gründlich zu erforschen – größtenteils Personen von hohem Rang, deren Leben und Handlungen nicht ohne unendliche Vorsichtsmaßnahmen und als Staatsgeheimnis untersucht werden können, damit die Entwicklung nicht Gefahr laufe, sich in ein Werkzeug des Umsturzes statt in eines der Aufrechterhaltung der Ordnung zu verwandeln. Als das Inquisitionsgericht sich davon überzeugte, in hinreichendem Besitz der bestehenden Tatbestände zu sein (und die Aufdeckung eines vorangegangenen Prozesses war entscheidend), wurde der Prozeß wiederaufgenommen. Jedoch auf neuer Grundlage. Dafür mußten die Verhöre der Hauptangeklagten, der Nebenangeklagten, der Mitverschworenen, der Behexten, der Zeugen, der unter Eid Aussagenden, der Sachverständigen und sogar der Kanoniker und Theologen wiederaufgenommen werden. Nun stieß das Gericht, vor allem wegen der langen Unterbrechung, auf natürliche Schwierigkeiten, mit deren Umgang es allerdings vertraut war. Viele der Beteiligten waren mittlerweile gestorben, unter ihnen etliche der Wiedererweckten, wichtige Beweiselemente. Nun wurde der Prozeß in mehrere aufgeteilt, eine weise Maßnahme, um die ungeheuerliche Verschwörung, die in einem einzigen Prozeß unverhältnismäßigen Widerhall ausgelöst hätte, was der notwendigen Verschwiegenheit dieser heiklen Zuwiderhandlungen entgegenstand, durch das eigentliche Prozeßverfahren in ihre Bestandteile aufzulösen. Nach der Prozeßaufteilung, bei der Neuformulierung und Neuklassifizierung immer notwendig sind, damit eine Person nicht in zwei Fälle, die voneinander getrennt werden, verwickelt wird, ordnete man die verschiedenen Teilprozesse an. Und erst dann kann logischerweise von der endgültigen Verfahrenseröffnung gesprochen werden.

Bis zu dieser Endphase waren viele Jahre vergangen. In regelmäßigen Abständen besuchten die Mitglieder des Gerichts gemeinsam den Hauptangeklagten in seinem Kellerverlies, um ei-

nen wichtigen Beweis seiner teuflischen Natur zu gewinnen, die sich wie folgt offenbarte: nicht der Lauf der Jahre, nicht die Tatsache, daß er in Einzelhaft in einem unterirdischen Gelaß ohne Luft und Licht gehalten wurde, das nicht einmal durch ein Abflußrohr Verbindung mit der Außenwelt besaß mit Ausnahme der Gittertür, durch die er unablässig beobachtet wurde; nicht die Tatsache, daß er mit an die Mauer geschmiedeten festen Ketten angekettet saß (eine um den Hals, die andere um die Gürtellinie und weitere vier für jedes Bein und jeden Arm), neben dem ihm angelegten besonderen Keuschheitsgürtel aus Eisen; nicht die Tatsache, daß seine Ernährung auf das Mindestmaß beschränkt war –: nichts von alledem hatte ihn altern lassen oder ihm auch nur ein Quentchen der ihm eigenen strahlenden Jugend und furchterregenden Schönheit geraubt. Gewiß stellte er alle äußerlichen Anzeichen tiefster Reue zur Schau und saß fast immer in einer Ecke, den Kopf auf den Knien. Nicht einmal, wenn das Licht der Fackeln ihn traf und seine blonden Locken zum Funkeln brachte, hob er die Augen. Man mußte ihn aufstehen heißen, und das noch unter Gewaltanwendung der Gefängniswärter. So stand er denn an die Mauersteine gelehnt, schmutzverkrustet, die Füße demütig im ekelerregenden Kot, der auch seinen Körper vom Liegen oder Sitzen darin mit trockenen Krusten bedeckte. Doch trotz alldem stellten die Mitglieder des Gerichtshofs einzeln und gemeinsam fest, daß Schönheit und Jugend unverändert erhalten geblieben waren. Freilich waren im Verlauf der Jahre diese Mitglieder, natürlicherweise greise und vom Studium zermürbte Männer, die Fastentage sowie die der Auslöschung teuflischer Irrtümer gewidmeten Nachtwachen nicht die gleichen. Doch die Feststellung galt in dem Maße, als jedesmal einige Mitglieder am vorhergegangenen Besuch teilgenommen hatten.
Nicht nur Schönheit und Jugend widerstanden. Noch etwas anderes. Wenn er bei den Verhören stets mitgearbeitet und nie den Nachweis seiner Verbrechen bestritten hatte, obgleich die Fragen immer indirekt gestellt wurden, um die Überzeugun-

gen des Gerichtshofs zu bestätigen und neue Beweise zu liefern, und er noch nicht über die schwerwiegenden Anschuldigungen, die über seinem Haupt schwebten, in Kenntnis gesetzt worden war, steht doch fest, daß seine offenkundige Demut und Reuebereitschaft eine andere Offenkundigkeit verdeckten: die Absicht, durch Unterwerfung zu widerstehen.
Nun entschied der Gerichtshof über die Art und Weise, den Widerstand seiner Absicht und die Absicht seines Widerstandes zu brechen. Unter dem Vorsitz des zuständigen Inquisitors, der in Anbetracht der Vielfalt und Ausdehnung der Verbrechen in Zeit und Raum ausdrücklich von Rom ernannt worden war, nahmen fünf Mitglieder an diesen Überlegungen teil. Es war Frater Antão von Salzburg, Bischof »in partibus« von Heliopolis, der weltbekannte Spezialist und Verfasser mehrerer Traktate über höllische Fragen. Die anderen vier, die zwangsläufig von dem winzigen Körperumfang eines so großen Mannes abstachen, waren Frater Atanagildo von Cantuária, »Der Ketzerhammer«, Frater Demetrios von Syrakus, »Die alchimistische Mörserkeule«, Frater Bernhard von Sachsen, »Der von der Jungfrau Maria Heimgesuchte«, und Frater Bermudo von Villaruanda, »Das Augenmittel von Sodom«.
Zuerst sprach Frater Bermudo und erinnerte daran, daß das Reglement noch nicht in seiner ganzen Stufenfolge von Artikeln angewandt worden sei, und gab zu bedenken, daß der Prozeß Verfahrensmängel aufweise, sofern jene nicht eingehalten würde. Und er schloß mit den Worten: »Ich bekenne Euer Gnaden meine Ratlosigkeit hinsichtlich eines Punktes, der kanonisch entscheidend ist und bislang nicht beachtet wurde. Und ich frage: Warum wurde bei dem Gefangenen die Folter noch nicht angewandt?«
Frater Atanagildo erwiderte: »Euer Gnaden vergessen in Eurem lobenswerten Eifer, daß wir erst jetzt die Phase der individuellen Untersuchung erreichen, und um dies zu beschließen, haben wir uns nun zur Beratung versammelt.«
Frater Bernardo schaltete sich ein und legte Wert darauf, daß

seine Erklärungen »ipsis verbis« in die Prozeßakte aufgenommen würden. Und er drehte sich auffällig zu dem an einem Tischchen im Hintergrund des Saals sitzenden Schreiber um:

»Wir können nicht, verehrte Brüder, in irgendeiner Materie vorweg urteilen. Wir sind nicht hier, um zu erörtern, ob die Folter schon hätte angewandt werden müssen oder um ihre Anwendung zu entscheiden. Was es demütig zu beachten gilt, ist strengster Gehorsam gegenüber dem Reglement. Und dies ist unabhängig von uns in Kraft und bestimmt die aufeinanderfolgenden Phasen eines Prozesses, der in Übereinstimmung mit ihm begrenzt und klassifiziert ist. Ich wiederhole. Ich lege Wert darauf, deutlich darauf hinzuweisen, daß hier nicht über die Folter entschieden wird. Wer vorschriftsgemäß über sie entscheidet, ist der Angeklagte mit seiner Hartnäckigkeit.«

Bruder Demetrius bat ums Wort:

»Meine Brüder, wenn ihr mir gestattet: die Frage, auf die wir antworten müssen, lautet: Beharrt oder beharrt der Angeklagte nicht in seiner negativen Verstocktheit und verzögert er somit den Abschluß des Prozesses?«

»Sehr richtig, das ist die einzige Frage«, sagte Frater Antão mit einem Stimmchen, das unter dem mächtigen Tisch hervorzuzirpen schien. »Ich werde sie zur Abstimmung vorlegen. Wer zustimmt, bleibe, wie er ist. Widrigenfalls hebe er die rechte Hand.«

»Ich erhebe Einspruch, Herr Vorsitzer. Eine Ordnungsfrage. Das ist eine Frage der Gerichtsordnung. Euer Gnaden können nicht eine Frage zur Abstimmung vorlegen, die nicht klar formuliert worden ist!« schrie Frater Bernardo.

»Nur mir steht es zu, Einspruch zu erheben«, rief Frater Demetrios heftig aus. »Denn ich habe den Antrag gestellt. Und meines Erachtens wurde er so deutlich formuliert, daß unser heiliger Vorsitzer ihn sogleich als solchen auffaßte.«

»*Distinguo*«, sagte Frater Atanagildo. »Und ich erinnere Euer

Gnaden, verehrte Brüder, daran, daß keiner der Einsprüche zulässig ist, denn schließlich sind weder ein Antrag noch eine Abstimmung zulässig. Denn eines müssen wir wissen und wissen es nicht: wie ist es zu erklären, daß ein vom Teufel mit solchen Machtbefugnissen ausgestatteter Mann, der – und er bekreuzigte sich – dessen besonderen Umgang und Schutz genießt, keine Macht besitzt, sich zu befreien, und das schmutzige Schwein ihn nicht einmal zu befreien versucht? Welche Bosheit mag der Fürst der Finsternis ausgeheckt haben, wenn er ihn all diese Jahre im Stich ließ?«

Frater Bermudo lachte schallend und rief aus:

»Die Frage Euer Gnaden zeigt, daß Eure umfassende Kenntnis der ketzerischen Machenschaften Euch im dunkeln läßt über die undurchdringlichen Hilfsmittel, mit denen die ruchlosen Sünden befriedigt werden.« Und er erläuterte herablassend: »Der Teufel kann die Leiden von ihm auskosten, und auch jener kann die Leiden und Lüste des Teufels genießen. Möge unser Vorsitzer uns sagen, ob das bei den höllischen Mächten nicht möglich ist.«

Der Vorsitzer beschränkte sich darauf, feierlich und zurückhaltend mit einem Kopfnicken zuzustimmen.

Nun sagte Frater Bernardo: »Deshalb möchte ich dieser Ratsversammlung einen Vorschlag unterbreiten. Wenn die körperliche Folterung des Angeklagten dazu beitragen kann, daß sich seine Verstocktheit weiter verhärtet und daß der Teufel, der ihr beiwohnt, und noch ärger verlacht, schlage ich vor... Euer Gnaden wissen, daß die Folterqualen der menschlichen Liebe groß sind, besonders wenn das Fleisch von Lastern vergiftet ist. Wenn der Teufel ihn besonders liebt, wird er fraglos leiden, sobald er sieht, daß jener die Person, mit der er am meisten gesündigt hat, noch immer liebt. Zweifellos ist ihm beider Sünde genehm, und er selbst hat sie ihnen eingeflößt. Aber die Folterqualen der menschlichen Liebe wie die der göttlichen Liebe sind ihm nicht genehm, und in diesem Zusammenhang könnte ich Ihnen meine Gewährsmänner anführen. Der Angeklagte möge wie bisher gehalten werden, und der Gerichtshof möge sein Verhalten beobachten, wenn wir Dona Urraca in sein Gefängnis überführen.«

Gemurmel mißbilligenden Ärgernisses durchlief den Versammlungstisch. Und Frater Atanagildo verlieh der Meinung aller Stimme: »Verstehe ich und verstehen alle Anwesenden den Vorschlag Euer Gnaden richtig, daß der Hauptangeklagten gestattet werde, unter diesem heiligen Fußboden, in diesen reinen Wänden ein weiteres Mal mit dem Angeklagten zu sündigen?«

Doch Frater Bermudo warf ein: »Vergessen Euer Gnaden die Wirksamkeit der offiziellen Keuschheitsgürtel, ein Modell für Männer, das dieser Gerichtshof in seiner Klugheit dem Angeklagten angelegt hat? Im übrigen stimme ich dem Vorschlag zu, vorausgesetzt, daß er auch Dona Urraca angelegt werde, weiß man doch nie ...«

Das Stimmchen des Vorsitzers Frater Antão schnitt ihm das Wort ab: »Sie hat ihn schon an ... hat ihn schon an. Das ist Reglement.«

. . . .

Als die Gittertür knirschend aufging, rührte er sich nicht, wie immer. Und als sie sich schloß, ohne daß jemand ihn ansprach, hob er den Kopf. Nach der langen Gefangenschaft sahen seine Augen deutlich in dem Licht, das durch die Gitter fiel. Doch riesige Schatten drangen herein, es waren die der Fratres, die er so gut kannte. Wieder senkte er den Kopf und rührte sich nicht, als die Maus seinen Fuß berührte. Die Maus kletterte über den Fuß hoch und betastete seinen Knöchel. Es war eine Hand und keine Maus. Er hob den Kopf und sah vor sich einen kauernden Schatten mit herabhängendem Haar, dessen beide Hände über die Beine zu seinem Knie hochkrochen. Er streckte ihr die Arme entgegen und ließ sich unter dem Rasseln der Ketten der Länge nach auf den Fußboden sinken. Sie drückte sich an ihn, und so verharrten sie, still, umarmt. Die Mitglieder des Gerichtshofs stellten die völlige Regungslosigkeit der beiden fest. Plötzlich durchlief sie ein Zittern, und Stöhnen wurde laut. Und das vorschriftsgemäße Vertrauen in die wahrhaft unfehlbaren Gürtel gönnte dem Gerichtshof nicht die Vorstellung, daß sei einander besessen hatten. Rasch kehrten Stille und Unbeweglichkeit zurück. Und da nichts geschah, wurde die Gittertür geöffnet, und die Fratres traten ein. Die beiden von einem Kettenknäuel umgebenen Gestalten lagen noch immer langgestreckt, umarmt, regungslos. Zwei Männer bückten sich, um sie zu trennen. Die nicht Angekettete loszulösen fiel leicht. Es war ein schlaffer Körper, den sie auf den Gefängnisgang schleppten, und die Fratres folgten lärmend. Es war mehr als ein schlaffer Körper: ein Leichnam. Jedoch war es nicht Dona Urraca. Oder sie war es doch. Aber die langen Haare waren blond, und die verblichenen Züge die seinen.

Die Fratres sanken samt und sonders auf die Knie, bekreuzigten sich, zitterten und stießen Beschwörungen aus, während von den Wächtern das Echo ihrer rasenden Flucht widerhallte.

VIII

Nun schritt der Gerichtshof zur Folter. Man begann damit, ihm das Haupthaar abzurasieren und den ihm gewachsenen langen Bart zu trimmen. Er wurde in den Bock gespannt, ins Rad, den verschiedenen Behandlungsstufen der Streckfolter ausgesetzt, den glühenden Zangen, der eisernen Peitsche. Sein magerer, schwärenübersäter Körper mit den ausgerenkten Gelenken war eine Ruine, die sich zu Füßen der Richter schleppte, ohne ein Wort, kaum noch Grunzlaute geifernd. Alle Schönheit und alle Jugend waren geschwunden. So wurde er allen anderen Angeklagten gegenübergestellt, einem nach dem anderen, und einer nach der anderen, und niemand erkannte ihn wieder. Selbst die drei Hauptjungfrauen mit ihren schmuddeligen weißen Haaren gaben zu verstehen, daß sie nicht wußten, wer diese Lumpengestalt war, die mühsam auf den Beinen gehalten werden mußte. So führte man ihn auf einer Tragbahre sitzend und nackt vom Gürtel abwärts vor den Kaplan und die Physici, jene, welche die erste Anklage erhoben und eine Zeitlang später die erste Beweisführung aufgestellt hatten: verdorrt und verbrannt bis zur Brust wie Streichhölzer. So erprobten sie an ihm alle Erfahrungen mit der Zauberkappe, ohne daß er unsichtbar wurde. Lediglich – interessante Einzelheit – beschmutzte er sich jedesmal, wenn man sie ihm auf den Kopf setzte, von den Beinen abwärts. Um sicherzugehen, daß es so war, wiederholten die Fratres die Erfahrung unter den unterschiedlichsten Bedingungen, während Frater Antão und Frater Demetrios fieberhaft Aufzeichnungen machten.

Dieses letzte Mal endeten die Arbeiten erst in tiefer Nacht, und die beiden Fratres verglichen noch ihre Aufzeichnungen, nachdem sie ihn entlassen hatten. Nun hob Frater Antão die Augen zu Frater Demetrios auf und wollte nicht glauben, was er sah, und war selber Ausdruck entsetzter Ungläubigkeit.

Argwöhnisch und angstdurchkältet wichen sie voreinander zu-

rück. Jeder griff nach einer Kerze und wollte damit das Gesicht des anderen mustern. Trotz der Kapuzen sah man, daß sie blond waren. Ihre Gesichter waren jugendlich, strahlend, und ein jeder erkannte das Gesicht, das sie zerstört hatten.
Entsetzt flohen sie in ihre Gemächer. Und am nächsten Tag erschienen sie nicht zur Ratsversammlung.
Frater Bernardo, der älteste, führte den Vorsitz; er hatte die Mitteilung erhalten, daß der heilige Vorsitzer und die »alchimistische Mörserkeule« krank wären. Doch als er sich anschickte, zur Tagesordnung überzugehen, bemerkte er das Staunen, das sich auf den Gesichtern von Frater Atanagildo und Frater Bernardo ausbreitete. Selbst der Schreiber im Hintergrund des Saals hatte sich halb von seinem Hocker erhoben und streckte ihm den Hals entgegen.
Frater Bernardo stand plötzlich auf, lief zur Stirnseite des Tischs, rief: »Die Heiligste Jungfrau stehe uns bei!« und zog die Kuttenkapuze heftig über Frater Bermudos Kopf. Frater Bermudo erhob Einspruch und wehrte sich. Und Frater Atanagildo wies brüllend den Schreiber aus dem Raum. Sogleich lief er auf Frater Bermudo zu und suchte ihn stammelnd zu bewegen, gleichfalls die Kapuze über den Kopf zu ziehen. Aber Frater Bernardo ließ Frater Bermudo los, der sie verängstigt ansah, und zog Frater Atanagildo die Kapuze über. So standen die drei mit kapuzenbedeckten Gesichtern einander gegenüber. Und Frater Atanagildo sagte:
»Sicherlich ist das auch den anderen widerfahren, und darum sind sie nicht gekommen.«
Frater Bernardo versicherte sich, daß die Tür gut verschlossen war, und verriegelte sie von innen; dann sagte er seinerseits:
»Wir müssen mit diesem Prozeß so rasch wie möglich Schluß machen. Sonst wird sein Gesicht auf alle übergehen, die ihn irgendwann einmal gesehen haben. Und da ist so gut wie niemand, der ihn nicht gesehen hat.«
Frater Bermudo rief aus: »Und das Reglement, wird das Reglement nicht befolgt?«

Darauf Frater Atanagildo: »Was heißt hier Reglement, Schluß damit. Das ist ein Fall öffentlichen Notstands. Es ist wie in Zeiten der Pest. Dieser Mann muß heute noch gehenkt und verbrannt werden. Und die anderen sperrt man ins Krankenhaus für Aussätzige.«

Sie zogen ihre Kapuzen bis vor die Augen herunter und suchten die anderen zwei. Sie kamen überein, daß Galgen und Scheiterhaufen im Palasthof errichtet werden sollten, wofür man nur die Genehmigung des Erzbischofs einzuholen brauchte. Dieser empfing sie mit einer über die Augen gezogenen Kapuze und erteilte unverzüglich die Genehmigung.

Er sollte zuerst gehenkt, sodann ausgeweidet, alsdann sollte alles auf dem mittlerweile entfachten Scheiterhaufen verbrannt werden. Grundlegend war die Ausweidung, um jedwede Möglichkeit teuflischer Auferstehung vor der gänzlichen Verbrennung dieses verfluchten Körpers auszuschalten. Er sollte mitsamt seinen Ketten gehenkt werden für den Fall, daß er plötzlich unsichtbar würde, denn die Ketten würden sein Gewicht erhöhen, so daß der Henker nicht näher an ihn heranzutreten brauchte, bevor er tot war. Alle Beteiligten mit Ausnahme des Angeklagten sollten die Kapuze über den Kopf ziehen.

Er mußte auf einer Tragbahre in den Hof gebracht werden. Es war bereits Nacht, denn das Aufstellen des Galgens und das Aufschichten des Scheiterhaufens hatten Zeit gekostet. Währenddessen beschäftigten sich die fünf überstürzt mit der Entfernung der anderen Gefangenen, weit fort vom Palast. Beim Fackelschein schleppten sie den Körper auf die Estrade des Galgens. Da er sich nicht auf den Füßen halten konnte, zog der Henker einen Strick unter seinen Achselhöhlen hindurch, an dem der Gehilfe zerrte, bis er mit den langen hängenden Eisenketten halb aufrecht hing. Dann, rittlings auf dem Querbalken des Galgens hockend, schlang der Henker ihm den eigentlichen Strick um den Hals und stieß einen Schrei aus.

Die kleine Gruppe der Kapuzen am Fuß des Galgens geriet in Bewegung. Was war los? Der kapuzenbedeckte Henker stieg herab und erklärte den Umstand. Er konnte ihn nicht mit dem Eisenkettenhalsband hängen. Dieses mußte zuerst abgenommen werden.

Verstörung trat ein, Ratlosigkeit. Man lief in die Stadt und suchte nach dem diensttuenden Schmied, der verschwunden war. Mittlerweile, den anderen Strick festhaltend, schrie der Gehilfe, ob er dort allein mit dem Gewicht der Ketten ausharren solle, da der Körper als solcher so gut wie nichts wöge. Man befahl ihm, ihn fallen zu lassen, und jäh ließ er los, und der Körper schlug kettenrasselnd auf den Bretterboden, und was liegenblieb, war ein Haufen Fleisch und Eisenringe. Endlich kam der Schmied; und in der Stille war nur das klirrende Hämmern zu hören, bis das Halsband herabfiel.

Von neuem begann man mit der Verrichtung, den Körper mit den hängenden Ketten hochzuheben, und der Henker schlang ihm die Schlinge um den Hals. Gleichzeitig, während der Büttel in die Hände schlug, schob der Gehilfe den Galgentritt fort, und der Henker sprang auf die Schultern des Hingerichteten. Der Körper wirbelte in einem langen Hin und Her der Ketten und kreiste dann langsam weiter. Ein Seufzer der Erleichterung entrang sich den Kapuzen.

Doch der Henker, an den Strick geklammert, beugte sich über den hängenden Kopf, den er zwischen den Knien hielt. Dann richtete er sich auf und setzte sich, mehrere Male. Schließlich, über die Stützgabel des Galgens kletternd, ließ er sich herabgleiten, während der Schweiß auf seinem nackten Oberkörper glänzte, setzte sich auf den Rand des Bretterbodens und beschrieb mit den geöffneten Handflächen Bewegungen, mit denen er seine Ohnmacht eingestand.

Die Kapuzen liefen auf ihn zu.

»Er ist nicht tot, er stirbt nicht; wenn ich ihn niedertrample –«, er bekreuzigte sich, »hebt ihn jemand wieder hoch.«

Sie brauchten einander nicht anzublicken, um deutlich zu begreifen, was vorging. Und Frater Antão traf eine letzte Entscheidung.

IX

Frater Antão von Salzburg schloß sich in die Gemächer ein, die er bewohnte, seitdem er, von Rom ernannt, aus Köln gekommen war, um dem Gerichtshof vorzustehen. Es war ein großer Saal, weiträumiger, als es dem asketischen Geschmack des Bewohners zusagte, der sich indessen mit der Kälte tröstete, die durch die Fenster- und Türspalte hereindrang und durch den Kamin herunterstieg, in dem er kein Feuer entfachen ließ. Doch jetzt kam ihm die Weite zustatten, denn er brauchte Raum für das, was er zu unternehmen gedachte.

Er kniete auf dem Betstuhl nieder und bereitete sich betend vor, die Augen fest auf das Kruzifix gerichtet. Dann erhob er sich, bekreuzigte sich, nahm das Kruzifix von der Wand und legte es mit dem Kopf nach unten, das Bild der Kalkwand zugekehrt, in eine Ecke auf den Boden. Er stellte fest, daß der Schatten des Kreuzes, wiewohl sehr schräg, kreuzförmig auf die Wand fiel. Daher legte er das Kruzifix in der gleichen Lage hinten in den leeren Kamin. Zog sein Bischofskreuz vom Hals und löste es von der Brust, um es, nach unten gekehrt, auf den Tisch zu legen. Er warf die Kapuze zurück und zog das Mönchsgewand aus, so daß er in dem derben weißen Hedehemd noch kleiner wirkte. Er kauerte sich am Fuß der Pritsche nieder und förderte ein Bücherpaket zutage. Ergriff eines von ihnen und schlug es auf dem Tisch auf, so daß der Rücken des eingebundenen Buchs auf das Brustkreuz zu liegen kam. Sodann blätterte er aufmerksam in dem Buch, hob den Kopf schräg zur Seite, um die rötlichen Buchstaben, die von dem vergilbten Pergament abstachen, deutlicher lesen zu können. Ergriff den Kerzenhalter und stellte ihn auf das Buch. Dann krempelte er das Hedehemd bis zum Gürtel hoch und band es fest, damit es nicht herunterfiel. Während er mit leiser Stimme las, spuckte er gleichzeitig auf die vier Ecken des Tischs und salbte sich mit speichelnassen Fingern an den Stellen, die der

Teufel versucht und die den Teufel in Versuchung führen. Jedesmal, wenn er sich bückte, störten ihn die langen blonden Haare, an die sein Kahlkopf seit Jahren nicht mehr gewöhnt war. Das gleiche geschah, als er auf allen vieren einen Speichelkreis um den Tisch zeichnete, zu dem er zurückkehrte. Und mit kräftiger Stimme begann er die Lesung der Anrufungen. Je stärker er seine Stimme anstrengte, desto flötenhafter und verstimmter schrillte sie. Doch die Anrufungen kamen klar und deutlich heraus.

Er wiederholte sie dreimal. Nichts. Von neuem wiederholte er sie. Nichts. Mit entblößten Hinterbacken umtanzte er den Tisch und wiederholte sie abermals. Nichts.

»Veni, veni, veni, imundo spirto, veni, veni, veni, spirto imundo, veni, veni, veni, creator, imperator, absileus, pontifex, sanctus et sutcnas, sanctus et sutcnas, sanctus et sutcnas.«

Nichts.

Heftig schloß er das Buch.

»Im Namen des Vaters, des Sohnes und des Heiligen Geistes, o Fürst der Finsternis, Herr des Bösen, Spender der Herrlichkeit, Wächter der Seelen, ich lade dich vor.«

»Was willst du von mir?« sagte eine Stimme nahezu in seinem Ohr. Und er fühlte, daß ihn ein Körper streifte.

Frater Antão trat zur Seite und, zur Stelle der Stimme zurückgekehrt, sagte er:

»Erstens, daß du mir erscheinst, damit wir sprechen können.«

»Um mit mir zu sprechen, mußt du mich sehen?«

Frater Antão antwortete nicht und wartete.

Ein Schatten begann sich neben ihm zu verdichten und Menschengestalt anzunehmen. Doch nicht mehr.

»Genügt das?« fragte die Stimme.

»Nein.«

»Meinst du, ich zeige dir mein Gesicht, und du willst es mit eigenen Augen sehen?« Die Stimme lachte leicht.

»Ich weiß, daß du kein Gesicht hast und daß du jenes verwendest, das dir gerade geeignet erscheint. Aber ich habe dich vorgeladen, und du mußt erscheinen.«
Der Schatten klärte sich und wurde durchscheinende Helligkeit.
»So?«
»Satanas, Satanas, Satanas, so wie du kommst, so bist du hier!«
Plötzlich erlosch die Helligkeit, und vor Frater Antão stand ein Frater wie er, mit seinem Körper und mit dem Gesicht, das er vor der Verwandlung gehabt hatte.
»Ist es so gut?«
»Genau so.«
»Dann wollen wir erfahren, was du jetzt von mir willst.«
»Daß du mir sagst, warum jener böse Mensch, den wir um der Liebe Jesu Christi willen zum Tode verurteilt haben, nicht sterben kann.«
»Wirst du ertragen, daß ich es dir sage?«
»Das werde ich.«
»Weil ich ihn über alles liebe, seit ich ihn zum ersten Mal sah. Und ich dulde nicht, daß er vernichtet wird. Lange Zeit, all diese Jahre hindurch, wollte ich euch beweisen, daß ich das nicht dulden würde. Und als du die Versuchung selbst in Versuchung geführt hast, als sein Bild sich zu verlieren drohte, weil die Frau seiner Umarmung nicht widerstehen würde, da habe ich euch bestraft.«
»Aber wer bist du, um den zu bestrafen, der bestraft?«
»Du hast es gesagt: Fürst der Finsternis, die mir gehört, Herr des Bösen, das ich beherrsche, Spender der Herrlichkeit, die ich verabreiche, Wächter der Seelen, die ich erobere.«
»Können wir ihn dann nicht töten? Ist er unsterblich deinem Willen zufolge?«
»Nein. Er ist unsterblich eurem Willen zufolge. Begreifst du nicht, daß ich sofort seine Seele bekäme, wäre seine Seele das, was ich begehrte? Aber ich will diese Seele nicht. Und weißt du

warum? *Weil er keine hat.* Wie kann ich wollen, was es nicht gibt? Ich will nur die Dinge oder das, was Ding wird. Und was es nicht gibt, geht mich nichts an. Und er, er ist die unzerstörbare Schönheit, die unzerstörbare Jugend, die unzerstörbare Macht des Liebens. Weißt du etwa, wie es dazu kam, daß sie ihn gefangennehmen konnten? Als er ein paar Augenblicke lang müde wurde und eine Seele zu haben begann oder das, was man Seele nennt und was ich mit Vergnügen vernichte. Doch du kannst nicht ermessen, wie liebenswert er ist, wie unschuldig er ist, wie fern und unerreichbar er ist für dich und für mich. Du, obgleich ich deine Schwächen kenne und die Versuchungen deiner selbst, denen du nachgegeben hast, ja ich kenne sie, und du weißt, daß ich sie kenne, du wirst nie ermessen können, wie sehr ich ihn geliebt und um ihn gelitten habe. Nie, nie hat er mir Gleiches gegeben.«

»Du lügst.«

»In der Tat, ich weiß nicht, aus welchem Schamgefühl ich lüge. Aber nicht, wie du meinst. Er hat sich mir nur zweimal hingegeben, das eine Mal, als er mich für die Liebe hielt, die er nicht kannte, und das andere, ja, jenes Mal war gleichsam das einzige Mal, weil er die Angst vor der Seele verlieren wollte, die in ihm heranwuchs.«

»Was willst du dann von ihm?«

»Nichts. So seltsam es dir erscheinen mag, nichts. Ich will, daß er lebe, daß er mit seiner Macht in die Welt hinaus ziehe und daß ich seiner Ewigkeit beiwohne.«

»Und wenn wir ihm die Freiheit gewähren, wenn wir ihn freilassen, versprichst du dann, daß alles wieder wird, wie es einmal war?«

»Je nachdem.«

»Je nach was?«

»Ganz einfach, je nachdem. Wenn er freigelassen und der Prozeß ad acta gelegt wird, was leicht ist, denn es ist so viele Jahre her, daß nicht einmal du zu den ersten gehörst, die ihn richten wollten, erstatte ich euch diese häßlichen Gesichter zurück,

mit denen ihr eure Tugend zur Schau stellt und mit denen ich euch in der Hölle erwarten werde. Das ist alles, was ich euch gewährleisten kann.«
»Und die Bestrafung der Übeltaten? Die Bestrafung der Verbrechen?«
»Mein Sohn ...«, und er legte eine Feuerhand auf seine Schulter, die das Hedehemd versengte – »wie groß ist deine Unwissenheit ... Aber wer bestraft denn die Übeltaten, wenn nicht ich?«
Frater Antão konnte ein Lächeln nicht zurückhalten.
»Ja, ich. Denn was schätzest du, was in deinem Körper und deinem Geist ist, wenn ihr Gerechtigkeit übt, und mag sie noch so gerecht sein? Ich. Und darum irre ich nicht, wenn ich dich meinen Sohn nenne.«
»Was also vereinbaren wir?«
»Ich sehe, du wirst vernünftig und verständig. Doch selbst meine Macht hat Grenzen. Oh, nicht die, welche du im Sinn hast und die du predigst! Sondern andere, kompliziertere, die du nicht ermessen kannst. Und um dir die Wahrheit zu sagen, ich auch nicht. Ich gewährleiste dir nur, was ich gesagt habe.«
»Es sei.« Und Frater Antão streckte die Hand zu sich selbst aus.
Der andere drückte sie (Frater Antão spürte noch grimmigere Kälte als die eigene) und sagte: »Es ist ein besiegelter Pakt.«
Und schon begann er sich in durchsichtigen Nebel zu verwandeln, kehrte ein wenig zur vorigen Form zurück, um hinzuzufügen: »Das mit dem Hemdaufkrempeln, mein Sohn, hast du nur gemacht, weil du dich nie in einem Spiegel gesehen hast. Es lohnte nicht die Mühe.« Und er verschwand mit spöttischem Gelächter.
Frater Antão blickte an sich herunter und ließ hastig das Hemd fallen. Streifte die Kutte über. Verwahrte das Buch bei den anderen unter der Pritsche. Legte sich das Brustkreuz wieder um. Hängte das Kruzifix wieder an seinen Platz und kniete zu ei-

nem kurzen Gebet nieder. Dann legte er die Kapuze über und stieg in den Schloßhof hinunter.
Alles stand am alten Platz, im Schein der Fackeln. Der Körper und die Ketten auf dem Bretterboden. Der Henker saß auf dem Rand. Der Gehilfe stand daneben. Die Gruppe der Kapuzen zwischen Galgen und Scheiterhaufen.
Frater Antão trat auf sie zu, die jetzt niederknieten, und sagte:
»Löst die Ketten von diesem Menschen. Zieht ihm seine Kleider an. Setzt ihn auf ein Pferd. Befördert ihn aus der Stadt hinaus.«
Die anderen blieben unschlüssig. Frater Antão erklärte:
»Wenn wir das tun, wird Gott uns ein Wunder bescheren. Und ich weiß es aus sicherer Quelle.«
Der Schmied schnitt (und das Klirren seines Hammers schien endlos) die Ringe um Handgelenke, Knöchel und Gürtellinie durch. Dann nahm er ihm den Keuschheitsgürtel ab. Der zu Füßen der fünf Fratres ausgestreckte Körper war eine einzige Wunde und eine Kruste aus ekelerregendem Abfall.
Frater Antão befahl, ihn aufzurichten und zu salben.
Das geschah.
Nun wandte Frater Antão sich mit seiner dünnen, schrillen Stimme wieder an die Anwesenden:
»Im Namen Gottes erkläre ich, daß dieser Gerichtshof jeden, gleich ob Kleriker oder nicht, ohne Ausnahme und Unterschied zum Ausstechen der Augen und zum Abschneiden der Zunge und Hände verurteilen wird, der jemals über das spricht, was er hier und jetzt gesehen hat. Wir haben diesen Mann gehenkt, wir haben ihm die Eingeweide herausgerissen, wir haben ihn verbrannt. Alle Anwesenden sind Zeugen dieses Vorgangs. Kleidet ihn an und setzt ihn auf ein Pferd.«
Über seinen abrasierten Schädel zogen sie einen löchrigen Sack, wie man ihn den Aussätzigen gibt, und versuchten ihn vergebens im Sattel des beschafften Pferdes aufrecht zu halten. Er rutschte ab und fiel.

Frater Antão kam auf einen neuen Gedanken.
»Laßt ihn hier. Gehen wir.« Und als er, gefolgt von den anderen, den großen Bogen der Freitreppe durchschreiten wollte, drehte er sich um und sagte: »Laßt die Türen offen.«
Und im verlassenen dunklen Hof blieb die Gestalt auf dem Steinboden liegen, zu Füßen des Galgens.

X

Den im Ratssaal hinter verschlossenen Türen versammelten fünf Fratres verweigerte Frater Antão entschieden jegliche Erklärung über seine geheime Unterredung. Weder beharrliches Zureden noch Anspielungen vermochten ihn davon abzubringen, mehr mitzuteilen, als daß dies die einzige Lösung zur Wiederherstellung der Ordnung gewesen sei, weil er im Verlauf seiner durchgeführten Nachtwache eine Heimsuchung erlebt und durch den Umgang mit dieser Heimsuchung gefolgert habe, der FEIND, das schmutzige Schwein, weigere sich, jenes unbequeme Geschöpf in seinen Herrschaftsbereich aufzunehmen.
Frater Demetrios gab zu bedenken, man könne unmöglich *a priori* behaupten, irgendeine Seele, sei sie selbst der ruchlosesten Sünden schuldig, sei, mit Ausnahme der Sünde wider den Heiligen Geist, nicht zu erlösen. Wie könne man daher zugeben, daß jene unzweifelhaft zur Hölle verdammt sei?
Frater Antão, der sich schon bei dem Wort »Seele« gewunden hatte, verbarg nicht seine wütende Ungeduld: »Also: lassen Euer Gnaden doch unangebrachte Scholastik beiseite! Wie sollte sie zur Hölle verdammt sein, wenn gerade der Teufel sie nicht will?«
Frater Demetrios fuhr, ohne die Ungeduld des anderen zu beachten, mit einer lächelnd-überlegenen Gebärde fort: »Wenn der Teufel sie nicht will, weiß *ergo* dieser selbe Teufel gewiß und sicher, daß er die Seele des in Frage stehenden Geschöpfs im Tod aufnehmen muß. Da also die höllischen Mächte gerade der Geist des Widerspruchs sind, *ergo* ...«
»*Ergo*, Potzblitz!« unterbrach Frater Antão, und seine Stimme zischte vor Wut: »Euer Gnaden mögen etwas von Ketzern verstehen, aber von ...« – und er bekreuzigte sich – »verstehe ich etwas. Sind Euer Gnaden bereit, das Gegenteil zu behaupten?« Und seine Schrecken versprühenden Augen vervollständigten die Drohung.

Frater Demetrios verharrte Augenblicke lang regungslos und stumm. Doch dann brummte er: »Euer Gnaden verstehen nicht nur etwas *von* ihnen, sondern, wie mir scheint, verstehen sich auch *mit* ihnen.«
Beben durchfuhr alle, und sogar Frater Demetrios erschauerte über das, was er gesagt hatte.
Aber Frater Antão schloß die Augen und stellte seine Demütigung einstweilen Gott anheim. Und beschloß das Streitgespräch, indem er mit säuerlichem Lächeln sagte:
»Möchten Euer Gnaden die Gesichter behalten, die der Teufel Euch geschenkt hat? Oder zu denen zurückkehren, die Gott der Herr Euch gegeben hatte?«
Frater Bernardo fand den Mut, geistvoll zu sein:
»Gott möge mir verzeihen, aber wir wären besser bedient.«
Die anderen Kapuzen regten sich empört, und Frater Demetrios tauschte sogar mit Frater Antão einen Blick vernichtenden Einverständnisses.
Frater Bernardo fuhr in verändertem Ton fort:
»Wenigstens hätte ich, wenn Unsere liebe Frau mir die Gnade ihres Besuchs gewährte, da sie eine so schöne Frau ist, stets ein würdigeres Gesicht ...«
»Kreuzdonnerwetter!« riefen die anderen aus. Und Frater Atanagildo schrie:
»Überlegt Ihr auch gut, was Ihr da sagt? Ein teuflisches Gesicht wäre der Jungfrau würdiger?«
»Das habe ich nicht gesagt. Ich wollte nur sagen, daß ein schönes Gesicht, von Gnade erleuchtet, sicherlich ein Gesicht ist, in dem sie heller widerstrahlt ...«
»Anathema! Anathema sei es! Herr Vorsitzender, Frater Antão! Frater Bernardo unterliegt einem schweren Irrtum. Dieser Gerichtshof muß ihn aburteilen. Eine so schwerwiegende Ketzerei wie diese, die im Geist eines Mannes steckt, der Zeuge der hohen Entschließungen dieses heiligen Gerichtshofs gewesen ist, darf keinesfalls um sich greifen! Ich klage ihn hiermit als ketzerisch an.«

Auf dem Gipfel der Empörung deutete Frater Atanagildo fuchtelnd mit ausgebreiteten Armen auf Frater Bernardo, der sich krümmte; seine Kapuze fiel herab und entblößte sein schönes blondes Haar und sein feingezeichnetes Gesicht.
Doch alsbald beherrschte er sich. Die anderen verharrten steif und kapuzenbedeckt. Frater Antão läutete die Glocke.
Die Tür ging auf, und zwei Wärter traten ein.
Frater Antão deutete auf Frater Bernardo und sagte:
»Führt diesen Mann fort und nehmt ihn fest, in Einzelhaft. Daß niemand mit ihm spreche!«
Als die Tür ins Schloß gefallen war, setzte sich Frater Atanagildo. Und den Kopf auf seine Fäuste legend, sagte er:
»Wer hätte gedacht, daß ein heiliger, angesehener Mann gnadenlos zur Hölle verdammt ist ...« Und er seufzte.
Die anderen drei Kapuzen erzitterten. Frater Demetrios murmelte und schielte wiederum zum Vorsitzer.
»Ich möchte dieses Gericht auf die Worte aufmerksam machen, die Frater Atanagildo soeben ausgesprochen hat und die eine behutsame Untersuchung der christlichen Nächstenliebe erfordert, die ihn zum ›Ketzerhammer‹ gemacht hat. Er hat über die Rettung oder Verderbnis der Seelen vorweg geurteilt, ohne die göttliche Gnade in Betracht zu ziehen.«
Frater Antão läutete die Glocke. Und zwei kapuzentragende Wärter traten ein. Frater Antão deutete auf Frater Antanagildo, den die Wärter abführten.
Die drei verharrten schweigsam und still.
Nun sagte Frater Bernardo: »Was wir hier tun, ist Wahnsinn, Wahnsinn.«
Frater Antão fragte: »Was ist Wahnsinn? Die Lösung dieses Falles? Das notwendig gewordene Verhör, um bösartige Gedanken im Geist unserer verehrungswürdigen Brüder auszurotten? Der Prozeß? Die Achtung vor dem Reglement, das uns immer gelenkt hat? Ich wollte, Euer Gnaden würden mir sagen ...«, und er ließ die Hand über der Glocke schweben.

Frater Bernardo antwortete nicht, und Frater Demetrios fragte sich:
»Ob er immer noch dort ist?«
Die anderen zwei Kapuzen wandten sich zu ihm. Und Frater Antão erhob sich und eilte zu dem auf den Hof gehenden Doppelfenster. Doch der Scheiterhaufen mit seinem aufgeschichteten Brennholz und dem Ginster ringsum verdeckte ihn. Im Gefolge der beiden anderen trat Frater Antão in den Nachbarsaal. Doch auch von dort aus war nichts zu sehen. Der Mondschein warf den Schatten des Galgens in die Richtung, in der er sich befinden sollte. Die Tür in den anderen Saal aufstoßend, liefen die drei zum Fenster. Von dort aus sah man genau die Stelle, wo sie ihn hingelegt hatten. Aber er war nicht da.
Keuchend rannten sie zurück und rafften die Kutten hoch, um rascher laufen zu können. Stolpernd stürzten sie die Freitreppe hinunter. Doch am Rand des Eingangsbogens blieben sie stehen. Er stand in der Nähe des Ausgangstunnels und schleppte sich langsam dahin, wie jemand, der einen steilen Hang hinunterklettert.
Sie rannten ein paar Schritte und blieben vor dem Widerhall der eigenen Sandalen auf dem Steinfußboden stehen. Und Fuß vor Fuß, ihre Ordenskleider festhaltend, standen sie am Türpfosten des Tunneleingangs und spähten.
Doch auch er blieb stehen. Und so verharrten sie alle: er wie ein vornüber gestürzter Toter in der Stellung, in der er beim Laufen überrascht worden war, und am Türpfosten die drei gebückten Fratres, die den Atem anhielten.
Der Himmel begann fahl zu werden, und die Hofmauern mit den düster schimmernden Fenstern der Galerien und Säle wurden bleifarben. Jetzt schien milchige Feuchtigkeit auf den Steinfußboden zu sinken.
Frater Demetrios murmelte: »Was sollen wir tun? Ihn hierlassen und darauf warten, bis es Tag wird und der Palast in Bewegung gerät?«
Frater Antão richtete sich auf und dachte nach und sagte:

»Ehrwürdige Brüder: Euer Gnaden werden ihm unter die Arme greifen, damit er gehen kann, und auf seine geringsten Bewegungen achten, um ihn zu führen, wohin er will.«
Die anderen sahen ihn entsetzt an, oder Bruder Antão vermeinte, sie sähen ihn unter ihren Kapuzen so an.
Frater Antão fügte hinzu: »Ich werde euch folgen, mit meinem Kreuz in der Hand.«
Die anderen zögerten, aber Frater Antão stieß sie mit gebieterischer Gebärde vorwärts. Sie traten an den Körper heran und hoben ihn jäh auf, denn er war viel leichter, als sie vermutet hatten. Und sie rückten durch den Tunnel bis zum Ausgang des Palastes vor. Als die Wärter in ihrer Schläfrigkeit die Gruppe sahen, gerieten sie in ihren Kapuzen in aufgeregte Bewegung. Doch alsbald erkannten sie vor allem Frater Antão an seiner bescheidenen Statur, auch daran, daß er sie durch sein erhobenes Brustkreuz zurückweichen hieß.
Auf dem großen Vorplatz blieb die Gruppe stehen. Die Träger spürten nämlich nicht, daß der zerfetzte Körper, dessen ausgerenkte Füße ziellos auf dem Boden schleiften, ihnen den geringsten Hinweis auf sein Reiseziel gab.
Die drei berieten sich über das, was zu tun sei. Und beschlossen, mehrere Richtungen nacheinander einzuschlagen, um seine Reaktionen zu erfahren. So schritten sie denn in Zickzacklinien vorwärts und deuteten jedesmal auf einen der vier Ausgänge des Platzes. Aber er reagierte auf keinen. Sie hielten an.
Frater Antão befahl, ihn auf den Boden niederzulegen. Und die drei warteten hinter ihm darauf, daß er sich rege. Im strahlenden Morgenlicht, einem sehr weißen und rosafarbenen Licht, das die schwarzen hohen Gebäude des Platzes in goldenen Sonnenstäubchen erschimmern und einen Windhauch über den Boden kräuseln ließ, lag der Körper ausgestreckt, und selbst vornüber gefallen bot er einen schrecklichen Anblick. Der rasierte Schädel wies Verfärbungen und Pusteln auf, und die Halswunde war wie eine unvollständige Enthauptung, die den Kopf nur mühsam am Körper hielt. Dieser, in die grobe Sack-

leinwand geschnürt, war kaum zu sehen. Doch man erriet ihn an den Armen und Beinen, deren kantige Knochen sich in der gespannten Haut abzeichneten, voll von eitrigen Schrammen. Vor allem die Hände, nur mehr hervorstehende Sehnen und Knochen, sahen schreckenerregend aus mit ihren langen, gekrümmten, aber zerbrochenen Nägeln, welche die Finger ellenlang machten. Und Hände wie Füße, durch den von den Eisenringen verursachten Wundkranz von Armen und Beinen getrennt, wirkten wie abgeschnitten.

XI

Die Sonne drang bereits durch die ostwärts gelegenen Gassen in den Platz ein und hüllte ihn plötzlich, über die Gebäude gleitend, in orangegetöntes Silberlicht. Die ellenlangen Schatten der drei Fratres kreuzten sich über dem Körper. Frater Antão wich zurück, und die beiden anderen taten es ihm nach. Und warteten weiter. Der Körper, den die Sonne voll traf, blieb unbeweglich. In einem bestimmten Augenblick glaubten die Fratres, ihn stöhnen zu hören. Und lauschend streckten sie die Köpfe vor. Doch es war wohl Selbsttäuschung gewesen. Dann wollte es ihnen scheinen, als bewege er sich leicht, als durchliefe ihn ein Zittern wie das der von Mücken gepeinigten Pferdehaut. Doch die Regungslosigkeit war so groß, daß er wohl nicht gezittert hatte. Selbst seine Atmung war nicht wahrzunehmen. War er vielleicht tot?

Jetzt bewegten sich seine Hände. Die Finger krümmten sich und streckten sich, krümmten sich und streckten sich und lagen still. Danach bog sich eines der Knie mit unendlicher Anstrengung, und der Körper rollte ein wenig und blieb halb seitlich liegen. Den Fratres allesamt entrang sich ein verhaltener Schrei, der wie eine aufbrechende Welle über dem Platz widerhallte. Erschrokken drehten sie sich um. Hinter ihnen wimmelte der Platz von Menschen. Es war eine festgefügte, unbewegliche, schweigsame Masse. Frater Antão hob das Brustkreuz und schrie:

»Es ist ein Pestkranker, flieht!« Und bekreuzigte sich.

Aber die Menge rührte sich nicht.

»Hört ihr nicht? Ein Pestkranker! Flieht. Fort von hier. Kehrt in eure Häuser zurück. Das ist ein Befehl. Im Namen des Heiligen Vaters, dessen Entsandter ich bin, kehrt in eure Häuser zurück, bei Strafe der großen Exkommunikation!«

Die Menge verharrte schweigsam, dann rückte sie gemeinsam einen Schritt vor, so daß Frater Antão zurückwich und schrie:

»Es ist ein Pestkranker, flieht!«

Doch die Menge, und man hörte ihr Atmen wie einen fließenden Fluß, rückte einen weiteren Schritt vor, so daß auch Frater Antão abermals zurückwich und mit zitternder, erstickter Stimme sagte: »Ihr seid exkommuniziert. Möge Gottes Fluch auf euch und auf eure Kinder fallen!«
Die Menge machte einen weiteren Schritt nach vorn und begann mit ganz langsamen Schritten vorwärts zu gehen. Nun kehrte ihnen Frater Antão, aus Angst zu stolpern, den Rücken zu und sah, daß der Körper, dessen zwischen den Schultern hängenden Kopf er nicht sah, auf allen vieren, gefolgt von den zwei anderen Brüdern, langsam einem der Platzausgänge zustrebte.
So verließen sie den Platz und bogen in die abschüssige Gasse ein. Der kriechende Körper hinterließ eine Blutspur, hinter ihm die beiden Fratres, endlich Frater Antão, der ihnen bald folgte, bald sich nach der Menge umblickte, die wie ein zusammengepreßter, zähflüssiger und träger Lavastrom zwischen den Mauern der Straße dahinkroch. Doch noch mehr Volk trat aus den Häusern der Straße, und der Zug bewegte sich zwischen diesem Spalier aus Menschen, das vom Lavastrom aufgesogen wurde, die Gasse hinunter. Die schwere, langsame Welle atmete, ließ scharrende Schritte auf den Pflastersteinen hören, war aber still. Die einzige Stimme, die zu hören war, gehörte Frater Antão, der dann und wann mit heiserem Schrillen mechanisch schrie: »Es ist ein Pestkranker, ein Pestkranker, flieht!«
An anderen Straßenkreuzungen warteten schweigend neue Menschenmengen und schlossen sich dem Zug an. Der bestand jedoch nicht nur aus der durch diese Straßen ziehenden Masse. An den Kreuzungen merkte man, daß aus den anderen mehr oder minder parallel laufenden Gassen ähnliche, gleichfalls schweigende Menschenströme glitten, deren sanftes Dröhnen über den Köpfen und über der Stadt schwebte. Nur an der Spitze ging niemand. Und der Körper kroch auf allen vieren langsam weiter, bald auf einer Hand, bald auf einem Knie.
Dann und wann eilte aus einer Tür oder aus der Menschen-

menge eine Frau heraus, kauerte sich zwischen dem Körper und den beiden ihm unmittelbar folgenden Fratres nieder und wischte die Blutstropfen von den Pflastersteinen.
Manchmal blieb die Prozession stehen, wenn der Körper stehenblieb. Bei einem dieser Halte taumelte Frater Bermudo und stürzte. Aber der Körper nahm seinen Marsch wieder auf. Frater Demetrios schritt hinter ihm. Und als er sich umdrehte, konnte Frater Antão feststellen, daß Frater Bermudos gestürzter Leib von den Füßen der Menge verschluckt wurde.
Und der Zug wanderte immer weiter und gelangte an die Stadttore, durch die der noch immer auf allen vieren kriechende Körper sich hinausbewegte. Außerhalb der Mauern, während er den Hang hinunterkroch, brach sich die Menge Bahn wie aufgestautes Wasser, das ein freies Bett findet. Doch ganz frei war es nicht, weil die Ränder des Marschweges von Menschen wimmelten, die fraglos aus den Vororten und nächstliegenden Dörfern herbeigekommen waren und sich mit dem Strom vereinigten, der aus den Stadttoren bergab wanderte.
Der Körper bewegte sich noch immer vorwärts und war in einen schmalen Pfad eingebogen. Nun, und Gemurmel überflog die vor Menschen schwarzen Felder, richtete er sich auf und stützte sich auf die Knie. Dann legte er eine Hand auf die Erde, streckte das andere Bein vor und setzte den Fuß auf. Und erhob sich, schwankte ein wenig und schien der Länge nach hinzustürzen. Doch nein. Die Füße nachschleppend und als ob das ständige Vorwärtsfallen ihn stützte, versuchte er Schritt vor Schritt zu setzen, bis er am Rand eines großen Grabens aufs Gesicht fiel.
Dann, von neuem vorwärts kriechend, verlor er das Gleichgewicht und rollte in den Abgrund, wo er auf dem Rücken liegenblieb, halb entblößt und seine Wunden zur Schau stellend, die Gürtelring und Keuschheitsgürtel ihm geschlagen hatten. Und das Gesicht, das die schon hochstehende Sonne erleuchtete, war schauerlich anzusehen und womöglich noch schlimmer als das übrige: die tief eingefallenen Augen traten hervor, das Na-

senbein war gebrochen, der klaffende Mund zeigte eine geschwollene Zunge und das Fehlen der Zähne, und die ganze Stirn bestand, wie auch die Wangen, aus blutroten und schwarzen Auswüchsen.
So blieb er lange liegen, während die Menge sich längs des Grabens drängte, den alle kannten. Frater Antão und Frater Demetrios, am Rand des Grabens, spürten hinter sich einen verhaltenen Druck und standen einem gleich großen Menschenmeer gegenüber.
Nun drangen aus dem ausgestreckten und zerfressenen Körper Stöhnen und Schluchzen. Frater Antão hob sein Brustkreuz noch höher über den Graben und fühlte, daß man es ihm samt goldener Kordel gewaltsam aus den Händen riß. Das Weinen wurde lauter, es war eine Klage ohne Worte, eine geschriene Kantilene, die sich auf die gewaltige Menschenmasse übertrug.
Zwei Männer, danach mehrere, sprangen in die Grube hinab und begannen mit den Händen zu graben, als würden sie von den immer schriller werdenden Schreien gelenkt. Bis sich mit einemmal tiefes Schweigen einstellte. Eine Strähne blonder Haare tauchte aus der Erde auf, dann ein verfaulter Kopf, den sie im Bemühen, ihn auszugraben, beinahe von dem allmählich auftauchenden Rumpf trennten.
Die Männer entfernten sich. Und wieder wälzte und schleppte er sich hin zu dem ausgesetzten Leichnam, der einmal eine Frau gewesen sein mußte. Als er sie mit einer der Hände, die sich dafür ellenlang streckte, berührte, sahen alle, daß die Haare des Schädels schwarz waren und daß die Leiche eine Frau von überwältigender Schönheit war.
Er fiel neben ihr auf den Rücken, und nach und nach, während sein Röcheln immer deutlicher hörbar wurde, verschwanden die Wunden, das Haar wuchs blond, sein Gesicht gewann die verschwundenen Züge wieder. Er war wie ein Gott, während alle zu sehen glaubten, daß er seine Seele aushauchte.
Und alle verharrten lange Zeit unbeweglich. Nun bückten sich

die Männer und versuchten die beiden Leichen aufzuheben, um sie fortzutragen. Es war unmöglich. Man sah, daß sie schwitzten, daß ihre Muskeln sich anspannten – doch es war unmöglich. Nun legten sie ihnen Hemden unter und versuchten, beide gemeinsam hochzuheben. Auch das erwies sich als undurchführbar.

Eine Frau warf von der anderen Grabenseite eine Handvoll Erde hinunter. Die Männer sprangen heraus. Es dauerte nicht lange, bis der Graben aufgefüllt war und die Erdwälle längs des Grabens verschwanden.

Alles ist beendet, dachte Frater Antão. Doch die Menge blieb unbeweglich stehen und wartete auf etwas.

Und in der Tat, an der Stelle, an der sie wohl ruhen mußten, begann ein kleiner Grasbüschel zu keimen, der sichtbar wuchs. Er mochte bereits ein paar Fuß lang sein, als Knospen aufbrachen und von der Menge mit Hochrufen begrüßt wurden. Es waren riesige Rosen, runde, zartrote, von betäubendem Duft. Es war ein sonderbarer Duft, eigentlich kein Rosenduft mehr: nein ... ein Duft von ... Frater Antão warf sich neben der Pflanze nieder und versuchte sie auszureißen. Doch er brach nur einen Zweig, aus dessen Bruchstelle zwei flüssige Fäden flossen. Einer von weißlichem Harz; der andere von rotem Saft. Frater Antão blickte so verwirrt, daß er nicht einmal bemerkte, daß seine noch ausgestreckte Hand schwarz wurde und verdorrte.

Und er fand keine Zeit mehr, etwas wahrzunehmen, denn die Menge spaltete ihm den Schädel und schleppte ihn fort, desgleichen Frater Demetrios an den Füßen – in einem Aufruhr, der zur Stadt zurückkehrte.

XII

Tage um Tage teilte die Stadt sich in Gruppen, die den Aufruhr mit Überfällen und Brandstiftungen fortsetzten, sowie mit langen Prozessionen, die zum wundertätigen Rosenstrauch pilgerten. Die Gassen waren voll von unbeerdigten Leichen und Schutt. Auf dem großen Platz griff die Feuersbrunst vom erzbischöflichen Palast auf die anderen Gebäude über. Das gleiche geschah an weiteren Punkten, und die Stadt schien Opfer eines gewaltigen kriegerischen Überfalls geworden zu sein. Inmitten von alledem lebte die Bevölkerung jedoch in einem Rausch der Genüsse und Festlichkeiten. Von diesen Banketten und Orgien stachen die Prozessionen ab, die den Rosenstrauch besuchten.

Eines Tages, beim Verlassen eines Banketts, taumelte ein Mann, offensichtlich einer von denen, die versucht hatten, die beiden wundertätigen Verbliebenen fortzuschaffen, und stürzte nieder. Man hielt ihn für einen Betrunkenen. Nein. Die Pest hatte ihn ereilt. Und er, eine einzige platzende Beule, starb innerhalb weniger Stunden. Die Fälle von Pesterkrankung häuften sich in atemberaubender Schnelle. Menschen fielen um und blieben unbeerdigt liegen. Prozessionen zogen zum Rosenstrauch, alle Teilnehmer trugen Kerzen, sangen und beteten. Doch sogar am Fuß des Rosenstrauchs stürzten die Pestkranken zu Boden, und die Prozessionen lösten sich in panischer Angst auf.

Zu Wagen, zu Pferd, nach Kräften rennend, verließen die Überlebenden die Stadt, deren sich die Raben, Wölfe und Wildkatzen nach und nach bemächtigten. Unkraut wuchs in den Ruinen, und Winde und Staubwirbel fegten abwechslungsweise Asche und Knochen fort und deckten alles zu.

Nur in der Tiefe des Hangs wuchs der große Rosenstrauch, den weder Wind noch Winterregen entkleideten, üppig und blühend weiter und wurde fast zu einem duftenden kleinen Baum.

. . . .

Wer durch die öden Ruinen der Stadt gewandert wäre, hätte sich sicherlich nicht träumen lassen, was hier vorgegangen war, wüßte er nicht aus eigener Erfahrung, was Verwüstungen sind. Denn die dort entstandene Rebellion und Pest waren um die Welt gewandert und hatten nie gesehene Zerstörungen ausgelöst. Man konnte sagen, daß kein Schloß, kein Palast entkommen waren, mochten sie noch so weit von den Straßen entfernt liegen. Auch ein bestimmtes kleines weißes Schloß am Rande eines Flusses, das die Soldaten der Inquisition in Besitz genommen hatten, kam nicht ungeschoren davon. Die Romanze der Rosen aus Blut und aus Milch singend, die eine Art Hymne der Großen Rebellion der Völker war, hatten die Belagerer alles in den Schloßhof geworfen und einen großen Scheiterhaufen angezündet, auf dem das aus einem Fenster geworfene riesige Bett thronte.

Sie tanzten rund um den Scheiterhaufen, schwenkten die auf Lanzenspitzen gespießten Soldatenköpfe und sangen im Chor:

Es sterbe der Bischof, es sterbe der Papst,
dazu ihre Klerisei.
Ach Rosen aus Milch und aus Blut,
nur die Erde trank sie, o wei!
Es sterbe der Mönch, es sterbe die Nonne,
dazu ihre Jungfrauerei.
Ach Rosen aus Blut und aus Milch,
nur die Erde trank sie, o wei!
Es sterbe der König, es sterbe der Graf,
dazu die ganze Baronei.
Ach Rosen aus Milch und aus Blut,
nur die Erde trank sie, o wei!
Es sterbe der Büttel, es sterbe der Henker,
dazu ihre Rechtsprecherei.
Ach Rosen aus Blut und aus Milch,
nur die Erde trank sie, o wei!
Es sterbe, wer kauft und wer verkauft,

dazu die ganze Wucherei.
Ach Rosen aus Milch und aus Blut,
nur die Erde trank sie, o wei!
Es sterbe der Vater, es sterbe der Sohn,
und die Kindermacherei.
Ach Rosen aus Blut und aus Milch,
nur die Erde trank sie, o wei!
Es sterbe der Gatte, es sterbe die Frau,
dazu die Hochzeiterei.
Ach Rosen aus Milch und aus Blut,
nur die Erde trank sie, o wei!
Es sterbe der Geliebte, es sterbe der Freund,
dazu die verpaßte Liebelei.
Ach Rosen aus Blut und aus Milch,
nur die Erde trank sie, o wei!
Es sterbe alles, brave Leut,
es lebe Volk und Rebelliererei.
Ach Rosen aus Milch und aus Blut,
nur die Erde trank sie, o wei!

. . . .

Scharen von fliehenden, verwahrlosten und hungernden Kindern strichen mordend und raubend über Felder und Wege und fielen tot um vor Kälte und Hunger. Doch bald tauchten aus den Ruinen der Städte und Dörfer andere auf und vermehrten die verstreuten Horden, die ziellos riesige Entfernungen durchmaßen. Auf den verlassenen Bauernhöfen schliefen sie aneinandergedrängt; und manchmal, wenn sie von der Nacht überrascht wurden, schliefen sie aneinandergedrängt in der feuchten Nachtluft. Wenn der Tag anbrach, nahmen sie ihren Marsch wieder auf und ließen die mittlerweile Verstorbenen zurück, die den Lebenden sogar als Bettdecken gedient hatten.
Und so geschah es, daß zwei dieser Banden gleichzeitig zu den Ruinen einer Stadt und denen eines Schlosses gelangten.

Die vom Schloß überquerten
die vermoderte Zugbrücke
und betraten den Schloßhof.
Dort richteten die einen sich
in den leeren Pferdeställen
ein, andere stiegen die Frei-
treppe hinauf und fanden sich
in einem riesigen Saal wieder,
in dessen Hintergrund eine
Tür offenstand, von der nur
der versengte Rahmen übrig
war. Der anliegende Saal war
ein Trümmerhaufen aus den
Obergeschossen des Turms,
in dem dieser sich befand.
Über die verbrannten Quer-
balken und Steine springend,
hasteten sie in die anderen
Säle. In der Mitte eines von ih-
nen, dessen Dach nicht voll-
ständig eingestürzt war, stie-
ßen sie auf die Reste eines gro-
ßen zerstückelten Badebek-
kens, in dem alle gleichzeitig
vorgaben, ein Bad zu neh-
men. Dann rannten sie in den
Saal, der ein Trümmerhaufen
war. Und dort, wo trotz der
Feuerspuren die Wand heller
war, als habe dort ein Hochal-
tar gestanden, wälzten sie sich
schreiend und rasend auf dem
Boden und spürten mit ei-
nemmal am ganzen Körper
Brandwunden. Nun stürzten

*Die von der Stadt durch-
forschten die verlassenen
Häuser, bis sie zum großen
Platz gelangten. Dort verlie-
fen sich die einen in den um-
stehenden Gebäuden, wäh-
rend andere durch einen Tun-
nel in den großen Palast dran-
gen. Im weiten Hof stand ein
Galgen, von dem an einer
Kette ein kleiner verdorrter
Leichnam mit einem zersplit-
terten Schädel herabhing. Sie
belustigten sich damit, Steine
auf ihn zu werfen, und ein
Fuß löste sich und fiel herab.
Sie spielten mit ihm und war-
fen ihn einander zu. Dann
wurden sie der Kurzweil
müde, rannten zu dem großen
Boden des inneren Eingangs,
erstiegen die Treppe und
durcheilten Säle um Säle,
sprangen über Trümmer der
oberen Stockwerke. In einem
von ihnen standen die Reste
eines langen versengten
Tischs, und auf dem Fußbo-
den in einer Ecke eine umge-
stürzte offene Eisentruhe. Als
sie darin kramten, krochen
zwei riesige Spinnen heraus,
die ihre gebogenen Beine ho-
ben. Sie traten sie tot. Einige
bückten sich, um besser sehen*

sie hinaus, hinunter und aus dem Schloß, durch den verbrannten Wald bis zum Fluß. In der ersten Lichtung, die sie fanden, zogen sie sich aus und warfen sich ins Wasser.

zu können, und ein Beherzter schob die Hand in die Truhe und zog sie heraus mit einem schmutzigen, farblos gewordenen Fetzen, der einmal eine Kappe gewesen sein mochte. Wild zankten sie sich um die Kappe. Bis einer sie in den Händen hielt und zum Zeichen des Eigentums auf den Kopf stülpte und wie Rauch verschwand.

Nachdem sie im Fluß gebadet hatten, legten sie sich im Schatten nieder. Gleich nachdem der andere verschwunden war, waren sie niedergeschlagen und außerstande, sich zu rühren. Doch die Glut, die sie spürten, erlosch nicht. Sie fühlten sich geohrfeigt, an den Haaren gezerrt, spürten Hände, die ihnen die Kleider vom Leib rissen. Im Schatten liegend, begannen sie voller Tatendrang gegeneinander zu kämpfen. Als der erste sich ein Herz nahm und floh, stürzten alle anderen hinter ihm her. Es lag auf der Hand, daß sie nicht nur Kampfeslust beseelte, als sie einen Lärm hörten, der durch den Wald näher kam. Es war ein Gerenne die Treppen hinunter, während einzelne, von allein herabstürzende Steine neben ihnen die Stufen herabrollten. Keuchend vermochten sie zwischen den Bäumen einen kleinen Karren zu unterscheiden, den ein Alter und eine Junge zogen. Sie rannten quer durch den Hof, und ihre Schritte hallten im Tunnel wider, gefolgt von dröhnenden Lachsalven. Nackt wie sie waren, rückten sie auf den Alten und die Junge zu, die entgeistert stehenblieben. Sie rannten weiter, über den Platz hinaus, und verschwanden in der abschüssigen Gasse, während der andere, der wieder aufgetaucht war, lachte und ihnen mit der Kappe in der Hand Lebewohl wünschte. Sie umringten den Karren und die kleine Gruppe, die aus dem Alten und der Jungen ihm gegenüber bestand. Er rannte, als tanze er, im Zickzack die Gasse hinunter. Und während einige den Karren umstießen und den geringen Trödel mit den Füßen fortschubsten, prügelten die anderen den Alten, wieder andere schleppten die Junge mit, deren Kleider sie zerrissen. Er gelangte an das Stadttor und sah sie nicht, fühlte sich allein und wurde unruhig. Alle, einer nach dem anderen, schändeten sie. Nach allen Seiten spähend, ob er sie sah, stieg er den Hang hinunter. Sie ließen sie ohnmächtig auf dem Boden liegen und kehrten an die Stelle zurück, wo sie die Lumpen, die sie trugen, verstreut hatten. Er war allein, oder die anderen hatten sich irgendwo versteckt: doch niemand würde ihn mehr überraschen, ohne daß er ihn sähe: wiederum setzte er die Kappe auf. Schweigsam, ohne einen Blick zu wechseln, zogen sie sich rasch an und machten sich wiederum auf den Weg. Unsichtbar stieß er auf einen riesigen Rosenstrauch mit riesigen Rosen, die einen starken Geruch verströmten, und dort blieb er stehen. Dicht nebeneinander schritten sie in Haufen stumm dahin, bis einer anhielt, den anderen am Arm faßte und ihm mit einer Kopfbewegung zublinzelte: der andere lachte schallend, und sein Gelächter steckte alle an. Er spürte Neugierde und ein Bedürfnis: ob auch er unsichtbar war? Und behutsam besprengte er den Rosenstrauch mit Urin und sah nur das Gesprüh, wo sein Strahl traf. Noch hallte ihr Gelächter durch den Wald, als die Junge sich regte. Die Rosen begannen sich im Wind zu entblättern, dann fielen die zerbrechlichsten Zweige nacheinander ab. Sie schleppte sich zu dem Alten, und sie halfen einander beim Aufstehen, und beide richteten den kleinen Karren auf, und der Alte half der Jungen hinauf, die kaum gehen konnte, und bettete sie hinein. Der Busch, der verdorrt war, löste sich aus dem Erdboden und rollte über die Felder dahin, vom Winde getrieben, der nun pfiff. Schwerfällig begann der Alte den Karren zu ziehen. Wenn er unsichtbar war, war alles, was ihm gehörte, gleichfalls unsichtbar. Der Alte gelangte zum Pfad, und jetzt fiel ihm das Ziehen des Karrens leichter. Er folgte dem Busch, der dürr im Wind dahinrollte und sich an einem anderen am Wegrand verhakte. Im Karren liegend, sang die Junge mit leiser Stimme ein Lied, das dem Alten das Herz zerriß:

Dem Fluß gestand ich mein Verlangen
nach dem Freund, so lang schon fortgegangen,
und um den ich sterbe, ach!

Den Fluß fragt' ich nach meinem Lieben
und wo er nach dem Bad geblieben,
und um den ich sterbe, ach!

Der Karren fuhr weiter, und ihm entströmte ein Geruch wie der des Rosenstrauchs, nur schärfer.

Jener, so lang schon fortgegangen,
wo wusch er seinen Leib nach unserem Beisammen,
und um den ...

... und der Karren blieb unter einer plötzlich vermehrten Last stecken. Sie setzte sich auf und sah niemanden. Der Alte, die Füße in den Boden stemmend, begann wieder zu ziehen. Sie fühlte Arme, die sie umarmten, und auf den Lippen den Druck anderer Lippen, und zärtlich legte sich ein Körper dicht neben sie.
Als der Karren endlich weiterfuhr, löste sich der dürre Rosenstrauch los und rollte im Winde dahin.

Araraquara, Mai 1964

Diese Erzählung oder richtiger, diese Novelle ist eine starke Erweiterung und, wenn man will, eine ziemlich entstellte Entwicklung zweier »Beispiele« aus dem *Orto do Esposo* (Der Garten des Gemahls), dem schönen moralistisch-religiösen Buch der portugiesischen Literatur aus der ersten Hälfte des fünfzehnten Jahrhunderts. Diese beiden Erzähl-*Exempla* – zum einen der Mensch, durch sein Blut mit Heilmächten ausgestattet und fähig, Tote zu erwecken, zum anderen der Mensch, der nicht gehenkt werden konnte, weil der Teufel ihn beschützte, indem er ihn in die Luft hob – haben nicht das geringste miteinander zu tun und stehen an ganz verschiedenen Stellen dieses Textes der Frührenaissance: das erste im Kapitel I des Buchs III, das zweite im Kapitel XI des Buchs IV. Schon immer hatten sie den Verfasser dieses Buchs in Bann geschlagen, seit er sie zum ersten Mal in dieser Reihenfolge in der *Crestomatia Arcaica* (Archaische Chrestomatie) von J.J. Nunes las; und das hat ihm wohl lange Zeit eine Erzählung oder eine Novelle nahegelegt, in der sich beide »Historien«, zusammen mit vielen anderen volkstümlichen oder auch nicht volkstümlichen Mythen, zu einer imaginären Studie der unbewußten Kommunikation zusammenfügen sollten.

Die beiden *Exempla* wurden später in Bertil Malers Ausgabe von *Orto* (Rio de Janeiro, 1956) wieder gelesen. Obgleich *O Orto do Esposo* vor allem wegen seines philosophischen Interesses bekannt und von Wissenschaftlern zitiert worden war, wurde das Buch erst 1956 von einem Schweden in Brasilien ungekürzt veröffentlicht. Teófilo Braga* hat in seinen 1883 veröffentlichten *Contos Tradicionais do Povo Português* (Traditionelle Erzählungen des portugiesischen Volkes) achtzehn

* Teófilo Braga, portugiesischer Gelehrter (1843-1924). Erster Präsident der portugiesischen Republik.

der zahllosen in den Text eingebauten »estórias« übernommen, von denen zwei die von uns verwendeten waren. Eça de Queiroz* benutzte eine andere für seine Erzählung *O Tesouro* (Der Schatz), die er in Teófilo Bragas Sammlung gelesen haben muß: das *Exemplum* des Kapitels XL aus Buch IV. Wenn die Erzählungen der Tradition des portugiesischen Volkes angehören (Teófilo Braga betrachtete in seinem romantisch-positivistischen Eifer alles als volkstümlich und traditionell, was ihm für seine Thesen dienlich schien, auch wenn es von einem bekannten Verfasser und nicht aus einer früheren volkstümlich gemachten Quelle stammte), ist es interessant festzustellen, daß ihr Ursprung nicht dort liegt ... Von der Erzählung des »Physicus« fand Maler eine Quelle in einer der Fassungen der *Quête du Graal* (Suche nach dem heiligen Gral); doch der Mythos vom Blutbad und den Tugenden des jungfräulichen Blutes ist uralt und in ganz verschiedenen antiken Zivilisationen nachzuweisen. Das von Eça de Queiroz verwendete *Exemplum* geht auf eine sehr archaische lateinische Version zurück, deren Verbreitung studiert worden ist. Von diesen drei *Exempla* fand Bertil Maler nur für den vom Teufel erretteten Gehenkten eine Quelle. Wahrscheinlich wurde der größte Teil der Erzählungen oder *Exempla* des *Orto* erst volkstümlich, sofern er es einmal gewesen war, nachdem sie von dem anonymen Verfasser des Werks zusammengestellt und verbreitet worden waren.
Die in unsere Erzählung eingestreuten Gedichte, deren zugehörigen und signifikativen Bestandteil sie bilden, sind durchweg Originale, mit Ausnahme der ersten sieben Verse des mit »Mein süßer Freund« beginnenden Gedichtes. Diese sieben Verse bilden die erste Strophe eines wunderschönen Gedichts des in den Sammelbänden vergessenen frommen Poeten und Prosaisten der Renaissance Jorge da Silva. Das Gedicht bezieht sich auf Christi Himmelfahrt und gehört zu dem fast verschollenen *Tratado da Criação do Mundo e dos Mistérios da Nossa*

* Eça de Queiroz (1845-1900). Romancier und Freund von Braga.

Redenção (Traktat von der Erschaffung der Welt und von den Geheimnissen unserer Erlösung), zuerst 1552 gedruckt, der zumindest bis zum Ende des 16. Jahrhunderts zwei Auflagen erlebte. Übrigens hatten andere Werke desselben Verfassers ähnlichen Erfolg.

Den Titel *O Físico Prodigioso* haben wir von den Herausgebern übernommen, die Bertil Maler vorausgingen; er erschien uns auch deshalb suggestiv, weil er eine Parallele zu dem Namen eines der »Autos Sacramentales« von Calderón de la Barca, *El Mágico Prodigioso* (Der wundertätige Magus) darstellt. Nur daß in diesem wunderschönen *Auto* der Zauberer am Ende ein ganz anderer ist (?) ...

Mit alldem und anderem glaubt der Verfasser, daß im Portugiesischen – gut oder schlecht – noch nie eine so fesselnde »diablerie« wie seine Erzählung oder Novelle geschrieben wurde.

Zur Aufklärung der Leser und der mit dem klassischen Schrifttum unserer Sprache weniger vertrauten Kritiker seien die beiden *Exempla* des *Orto do Esposo*, die dem Verfasser als bloßer Ausgangspunkt dienten, zitiert. Der Wortlaut stammt von Bertil Maler, den ich dem von J. J. Nunes vorziehe.

Buch III, Kapitel I – (...) Ein Mann ging in der Nähe eines sehr schönen Gebäudes vorüber, in dem alle Dinge dem Ergötzen dienten, und traf auf drei Jungfrauen, die an den Flüssen weinten, die aus dem Schloß flossen, weil die Schloßherrin so krank war, daß sie auf den Tod lag.

Und jener fahrende Mann sagte zu ihnen: »Lebt in eurer Herrin noch Hoffnung auf Leben?« Und die Jungfrauen antworteten: »Die Physici verzweifeln an ihrem Leben, aber sie hofft unablässig auf einen [Sohn] eines Königs, der drei hochedle Bedingungen in sich vereine, er muß sehr schön und ein großer Physicus und jungfräulich sein. Und der Jüngling sagte zu ihr: »Ich bin der, den sie erwartet, und besitze hinlänglich alle diese

Dinge. Und so führten jene Jungfrauen jenen Jüngling sehr höflich ins Schloß. Und die Schloßherrin empfing ihn sehr freundlich und mit großer Ehrerbietung. Und er wandte seine Kur und seine Hausmittel bei der Schloßherrin an und bereitete ihr ein Bad aus dem Blut seines eigenen rechten Arms, das er zum Fließen brachte, und die Herrin wurde in diesem Bad gebadet. Und so groß war die Tugend dieses ganz keuschen Blutes, daß die Wärme des Blutes jener Herrin ihre natürliche Wärme zurückgab, mit dem Erfolg, daß sie dem Bad gesund und geheilt entstieg, nachdem sie siebenmal darin gebadet worden war. Und als sie eine so große Wohltat wie diese sah, bat sie den Physicus, er möge ihr versprechen, fünfhundert Ritter zu kurieren, die eines grausamen Todes gestorben seien und in einem sehr dunklen Graben eingeschlossen lägen, und der Physicus ging zu jenem Graben und rief mit lauter Stimme: »Ritter, steht auf und freut euch und singt Lobpreis eurem Befreier.« Und alsbald kehrten die Ritter ins Leben zurück und begannen einstimmig zu rufen, und alle sagten: »Wo ist die rechte Hand dessen, der so spricht, wo sind die glückseligen Gaben? Komm eilends und gib uns die Geschenke wieder, die wir in anderen Zeiten verloren haben.« Und das erzählt der weise Elephon. (...)

Buch IV, Kapitel XI – (...) Ein reicher Mann pflegte in den Tabernen viel zu trinken, so daß er dadurch all seinen Besitz vergeudete. Dann stellte er sich in den Dienst derer, die in den Tabernen tranken, um mit ihnen trinken zu können. Im Verlauf der Zeit wurden sie seiner überdrüssig und warfen ihn hinaus. Und angesichts seiner Verzweiflung kam der Teufel in Verkleidung eines alten Mannes zu ihm und sprach: »Geh du in die Taberne, ich will dir Geld geben, mehr als genug, damit du den anderen Gelegenheit geben kannst, mehr zu trinken.« Und so tat er es. Und verursachte in der Taberne zahlreiche Streitereien und Trinkereien, die viele Sünden und viele Übeltaten nach sich zogen. Und er beging dort eine solch üble Tat, daß sie ihn hängen ließen, und sie hängten ihn dreimal an den Galgen, aber er starb nie, weil der Teufel ihn behütete und stützte. Und ein heiliger Mann, der das böse Leben dieses Mannes kannte und das sah, verwunderte sich und begriff, daß der Teufel ihn beschützte, und ging dorthin, wo jener Mann gehenkt worden war, und begann den Teufel durch die Tugend Jesu Christi zu beschwören, daß er ihm die Wahrheit jener Tat verriete, warum jener schlechte Mensch nicht sterben könne. Und der Teufel antwortete und sagte, daß er zwar den Tod jenes Mannes wünschte, da er in Sünde starb, die Teufel hingegen, weil er bereits so viele Menschen in die Hölle geschickt hatte, es müde waren, sie zu empfangen und weiterzubefördern, und daher schützte er ihn davor zu sterben. Und so scheint es, daß das Trinken ein Band ist, um die Seelen ins Verderben zu stürzen.

Kleine Einführungsnotiz zur Neuauflage als Einzelausgabe

Der wundertätige Physicus erlebte seine erste Ausgabe, als er in *Novas Andanças do Demónio* (Neue Abenteuer des Teufels), Sammelband meiner im Jahre 1966 veröffentlichten Erzählungen, aufgenommen wurde; die zweite, der 1960 *Andanças do Demónio* (Abenteuer des Teufels) vorausging, und gefolgt von *Os Grão-Capitães* (Die Großkapitäne) im Jahre 1976. Als »Fantastische Erzählung« von E.M. de Melo e Castro entdeckt, wurde sie in die von ihm herausgegebene *Anthologie der portugiesischen fantastischen Erzählung*, Lissabon 1974, aufgenommen, was als Neuauflage des Textes gewertet werden mag. Da meine drei Erzählungsbände alle vergriffen oder fast vergriffen sind, gewinnt dieser »Physicus« (oder Arzt oder Zauberer im mittelalterlichen und noch letzten Sinn des Ausdrucks), den ich als Sinnbild der Freiheit und Liebe schuf, als ich über ihn im Jahre 1964 im brasilianischen Araraquara schrieb, endlich seine Unabhängigkeit, die er zweimal nicht gewinnen konnte (das erste Mal aus Notwendigkeit, das zweite durch Auszeichnung), wieder und zieht allein auf die Wege der Welt, so wie er in der Erzählung, welche die seine ist, erscheint. Somit ist diese getrennte Ausgabe gleichzeitig eine dritte Auflage des Textes, und gleichsam seine erste, wie es immer mein Wunsch war und wie er es meines Erachtens verdient. Ohne Vergleiche anstellen zu wollen, fällt mir auf, daß es ihm zusteht, allein in die Hände der Leser zu gelangen, wie es dem berühmten *Malhadinhas* von Aquilino Ribeiro widerfuhr, der gleichfalls aus den Seiten des Erzählungsbandes trat, in dem er zuerst erschien.

Jorge de Sena, März 1977

Bibliothek Suhrkamp

Verzeichnis der letzten Nummern

820 Gustav Januš, Gedichte
821 Bernard von Brentano, Die ewigen Gefühle
822 Franz Hessel, Der Kramladen des Glücks
823 Salvatore Satta, Der Tag des Gerichts
824 Marie Luise Kaschnitz, Liebe beginnt
825 John Steinbeck, Die Perle
826 Clarice Lispector, Der Apfel im Dunkel
827 Bohumil Hrabal, Harlekins Millionen
828 Hans-Georg Gadamer, Lob der Theorie
829 Manuel Rojas, Der Sohn des Diebes
830 Jacques Stéphen Alexis, Der verzauberte Leutnant
831 Gershom Scholem, Judaica 4
832 Elio Vittorini, Erica und ihre Geschwister
833 Oscar Wilde, De Profundis
834 Peter Handke, Wunschloses Unglück
835 Ossip Mandelstam, Schwarzerde
836 Mircea Eliade, Dayan / Im Schatten einer Lilie
837 Angus Wilson, Späte Entdeckungen
838 Robert Walser, Seeland
839 Hermann Hesse, Sinclairs Notizbuch
840 Luigi Malerba, Tagebuch eines Träumers
841 Ivan Bunin, Mitjas Liebe
842 Jürgen Becker, Erzählen bis Ostende
843 Odysseas Elytis, Neue Gedichte
844 Robert Walser, Die Gedichte
845 Paul Nizon, Das Jahr der Liebe
846 Félix Vallotton, Das mörderische Leben
847 Clarice Lispector, Nahe dem wilden Herzen
848 Edmond Jabès, Das Buch der Fragen
849 Ludwig Hohl, Daß fast alles anders ist
850 Jorge Amado, Die Abenteuer des Kapitäns Vasco Moscoso
851 Hermann Lenz, Der Letzte
852 Marie Luise Kaschnitz, Elissa
853 Jorge Amado, Die drei Tode des Jochen Wasserbrüller
854 Rudyard Kipling, Das Dschungelbuch
855 Alexander Moritz Frey, Solneman der Unsichtbare
856 Kobo Abe, Die Frau in den Dünen
857 Thomas Bernhard, Beton
858 Felisberto Hernández, Die Hortensien
859 Martinus Nijhoff, Gedichte
860 Jurij Trifonow, Zeit und Ort
861 Shen Congwen, Die Grenzstadt
862 Ogai Mori, Die Wildgans
863 Karl Krolow, Im Gehen
865 Gertrud von le Fort, Die Tochter Farinatas

866 Joachim Maass, Die unwiederbringliche Zeit
867 Stanisław Lem, Die Geschichte von den drei geschichtenerzählenden Maschinen des Königs Genius
868 Peter Huchel, Margarethe Minde
869 Hermann Hesse, Steppenwolf mit 15 Aquarellen von Gunter Böhmer
870 Thomas Bernhard, Der Theatermacher
871 Hans Magnus Enzensberger, Der Menschenfreund
872 Emmanuel Boye, Bécon-les-Bruyères
873 Max Frisch, Biografie: Ein Spiel, Neue Fassung 1984
874 Anderson/Stein, Briefwechsel
875 Rafael Sánchez Ferlosio, Abenteuer und Wanderungen des Alfanhui
876 Walter Benjamin, Sonette
877 Franz Hessel, Pariser Romanze
878 Danilo Kiš, Garten, Asche
879 Hugo von Hofmannsthal, Lucidor
880 Adolf Muschg, Leib und Leben
881 Horacio Quiroga, Geschichten von Liebe, Irrsinn und Tod
882 Max Frisch, Blaubart
883 Mircea Eliade, Nächte in Serampore
884 Clarice Lispector, Die Sternstunde
885 Konrad Weiß, Die Löwin
886 Tania Blixen, Moderne Ehe
887 Jean Grenier, Die Inseln
888 Thomas Bernhard, Ritter, Dene, Voss
889 Max Jacob, Höllenvisionen
890 Rudyard Kipling, Kim
891 Peter Huchel, Die neunte Stunde
892 Scholem-Alejchem, Schir-ha-Schirim
893 Ferreira Gullar, Schmutziges Gedicht
894 Martin Kessel, Die Schwester des Don Quijote
895 Raymond Queneau, Mein Freund Pierrot
896 August Strindberg, Die schwarzen Fahnen
897 Rainer Maria Rilke, Briefe an die Mutter
898 E. M. Cioran, Widersprüchliche Konturen
899 Thomas Bernhard, Der Untergeher
900 Martin Walser, Gesammelte Geschichten
901 Leonora Carrington, Das Hörrohr
902 Henri Michaux, Ein gewisser Plum
903 Walker Percy, Der Kinogeher
904 Julien Gracq, Die engen Wasser
905 Francesco Jovine, Die Äcker des Herrn
906 Richard Weiner, Spiel im Ernst
907 Gertrude Stein, Jedermanns Autobiographie
908 Pablo Neruda, Die Raserei und die Qual
909 Marie Luise Kaschnitz, Menschen und Dinge 1945
910 Thomas Bernhard, Einfach kompliziert
911 Alexander Kluge, Lebensläufe
912 Michel Butor, Bildnis des Künstlers als junger Affe
914 Wolfgang Koeppen, Der Tod in Rom
915 Catherine Colomb, Das Spiel der Erinnerung

916 Bohumil Hrabal, Sanfte Barbaren
917 Tania Blixen, Ehrengard
918 Bernard Shaw, Frau Warrens Beruf
919 Mercè Rodoreda, Der Fluß und das Boot
920 Adolf Muschg, Dreizehn Briefe Mijnheers
921 Jorge de Sena, Der wundertätige Physicus
922 Anatolij Kim, Der Lotos
923 Friederike Mayröcker, Reise durch die Nacht
924 Stig Dagerman, Deutscher Herbst
926 Wolfgang Koeppen, Tauben im Gras/Das Treibhaus/Der Tod in Rom
927 Thomas Bernhard, Holzfällen
928 Danilo Kiš, Ein Grabmal für Boris Dawidowitsch
929 Janet Frame, Auf dem Maniototo
930 Peter Handke, Gedicht an die Dauer
931 Alain Robbe-Grillet, Der Augenzeuge
933 Paul Celan, Gedichte 1938-1944
934 Leonid Leonow, Evgenia Ivanovna
935 Marguerite Duras, Liebe
936 Hans Erich Nossack, Das Mal und andere Erzählungen
937 Raymond Queneau, Die Haut der Träume – »Fern von Rueil«
938 Juan Carlos Onetti, Leichensammler
939 Franz Hessel, Alter Mann
940 Bernard Shaw, Candida
941 Marina Zwetajewa, Mutter und die Musik
942 Jürg Federspiel, Die Ballade von der Typhoid Mary
943 August Strindberg, Der romantische Küster auf Rånö
944 Alberto Savinio, Maupassant und der andere
945 Hans Mayer, Versuche über Schiller
946 Martin Walser, Meßmers Gedanken
947 Ödön von Horváth, Jugend ohne Gott
948 E. M. Cioran, Der zersplitterte Fluch
949 Alain, Das Glück ist hochherzig
950 Thomas Pynchon, Die Versteigerung von No. 49
951 Raymond Queneau, Heiliger Bimbam
952 Hermann Ungar, Die Verstümmelten
953 Marina Zwetajewa, Auf eigenen Wegen
954 Maurice Blanchot, Thomas der Dunkle
955 Thomas Bernhard, Watten
956 Eça de Queiroz, Der Mandarin
957 Norman Malcolm, Erinnerungen an Wittgenstein
958 André Gide, Aufzeichnungen über Chopin
959 Wolfgang Hoffmann-Zampis, Erzählung aus den Türkenkriegen
961 August Scholtis, Jas der Flieger
962 Giorgos Seferis, Poesie
963 Andrzej Kuśniewicz, Lektion in einer toten Sprache
964 Thomas Bernhard, Elisabeth II.
965 Hans Blumenberg, Die Sorge geht über den Fluß
966 Walter Benjamin, Berliner Kindheit, Neue Fassung
967 Marguerite Duras, Der Liebhaber
968 Ernst Barlach, Der gestohlene Mond

969 Tschingis Aitmatow, Der weiße Dampfer
970 Christine Lavant, Gedichte
971 Catherine Colomb, Tagundnachtgleiche
972 Robert Walser, Der Räuber
973 Franz Rosenzweig, Der Stern der Erlösung
974 Jan Józef Szczepański, Ikarus
975 Melchior Vischer, Sekunde durch Hirn/Der Hase
976 Juan Carlos Onetti, Grab einer Namenlosen
978 Jürgen Becker, Felder
979 E. M. Cioran, Von Tränen und von Heiligen
980 Olof Lagercrantz, Die Kunst des Lesens und des Schreibens
981 Hermann Hesse, Unterm Rad
982 T. S. Eliot, Über Dichtung und Dichter
983 Anna Achmatowa, Gedichte
984 Hans Mayer, Ansichten von Deutschland
985 Marguerite Yourcenar, Orientalische Erzählungen
986 Robert Walser, Poetenleben
987 René Crevel, Der schwierige Tod
988 Scholem Alejchem, Eine Hochzeit ohne Musikanten
989 Erica Pedretti, Valerie
990 Samuel Joseph Agnon, Der Verstoßene
991 Janet Frame, Wenn Eulen schrein
992 Paul Valéry, Gedichte
993 Viktor Šklovskij, Dritte Fabrik
994 Yakub Kadri, Der Fremdling
995 Patrick Modiano, Eine Jugend
997 Thomas Bernhard, Heldenplatz
998 Hans Blumenberg, Matthäuspassion
999 Julio Cortázar, Der Verfolger
1000 Samuel Beckett, Mehr Prügel als Flügel
1001 Peter Handke, Die Wiederholung
1002 Else-Lasker-Schüler, Arthur Aronymus
1003 Heimito von Doderer, Die erleuchteten Fenster
1004 Hans-Georg Gadamer, Das Erbe Europas
1005 Hans Jonas, Das Prinzip Verantwortung
1006 Marguerite Duras, Aurelia Steiner
1007 Juan Carlos Onetti, Der Schacht
1008 E. M. Cioran, Auf den Gipfeln der Verzweiflung
1009 Marina Zwetajewa, Ein gefangener Geist
1010 Christine Lavant, Das Kind
1011 Alexandros Papadiamantis, Die Mörderin
1012 Hermann Broch, Die Schuldlosen
1013 Benito Pérez Galdós, Tristana
1014 Conrad Aiken, Fremder Mond
1015 Max Frisch, Tagebuch 1966–1971
1016 Catherine Colomb, Zeit der Engel
1017 Georges Dumézil, Der schwarze Mönch in Varennes
1018 Peter Huchel, Gedichte
1019 Gesualdo Bufalino, Das Pesthaus
1020 Konstantinos Kavafis, Um zu bleiben

Bibliothek Suhrkamp

Alphabetisches Verzeichnis